무르
익
다.

무르익다.

2016년 10월 12일 초판 1쇄 | 2016년 10월 21일 2쇄 발행
지은이 · 홍승표

펴낸이 · 김상현, 최세현
책임편집 · 최세현 | 디자인 · 김애숙

마케팅 · 권금숙, 김명래, 양봉호, 최의범, 임지윤, 조히라
경영지원 · 김현우, 강신우 · 해외기획 · 우정민
펴낸곳 · (주)쌤앤파커스 | 출판신고 · 2006년 9월 25일 제406-2012-000063호
주소 · 경기도 파주시 회동길 174 파주출판도시
전화 · 031-960-4800 | 팩스 · 031-960-4806 | 이메일 · info@smpk.kr

ⓒ홍승표(저작권자와 맺은 특약에 따라 검인을 생략합니다)
ISBN 978-89-6570-349-5(03810)

쌤앤파커스(Sam&Parkers)는 독자 여러분의 책에 관한 아이디어와 원고 투고를 설레는 마음으로 기다리고
있습니다. 책으로 엮기를 원하는 아이디어가 있으신 분은 이메일 book@smpk.kr로 간단한 개요와 취지,
연락처 등을 보내주세요. 머뭇거리지 말고 문을 두드리세요. 길이 열립니다.

무르익다.

| 홍승표 지음 |

쌤앤파커스

Part 2 끝까지 나 자신을 잘 돌본다는 것 · 63

Part 3 파도가 아니라 바다로 산다 · 127

늙는 게 아니라
무르익는 것이다

잘 익은 술이나 장^醬은 시간이 빚어낸 작품입니다. 사람도 세월과 경험을 통과하면서 익어갑니다. 그런데 나이가 들면서 늙고 시들어 버리는 사람이 있는가 하면, 반대로 더 성숙해지고 자유로워지는 사람도 있습니다. 후자처럼 아름답게 무르익은 사람은 노인이 아니라 현자가 됩니다.

저는 고작(?) 예순 살밖에 안 되었지만, 제 나이가 참 좋고, 참 고맙습니다. 나이가 더 들면 얼마나 더 많은 것을 알게 될까, 얼마나 더 많은 것이 보일까 하는 마음에 벌써부터 설렙니다. 프랑스 소설가 아나톨 프랑스는 이렇게 말했습니다. "만일 내가 신이라면, 청춘을 인생의 마지막 페이지에 두었을 것이다." 세월과 함께 무르익은 사람은 진정 '인생의 왕관'을 쓸 자격이 있습니다. 파릇파릇하고 생기 넘치는 청춘보다 훨씬 더 눈부시고 향기로우니까요.

2002년 프랑스 보르도 지역에 위치한 자두마을에서 틱낫한 스님을 만났습니다. 아이들의 손을 잡고 행복한 걸음을 옮기는 스님의 모습을 보면서 '눈부시게 아름답다.'는 생각이 떠올랐습니다. 그때 '나도 눈부시게 아름다운 노인이 되고 싶다.'는 꿈을 갖게 되었습니다.

예순 살 전후가 되면 인생의 하강운동이 본격적으로 시작됩니다. 그때가 되면, 우리는 지금까지 우리가 소중하게 여겼던 것들, 애써 성취했던 모든 것들이 무너져 내리는 경험을 합니다. 아리따웠던 외모, 건강, 직장, 품 안의 자녀들, 배우자와 친구들이 하나둘씩 곁을 떠나가고, 이런 무너져내림으로 인해 많은 사람들은 안절부절못합니다.

저는 마음공부를 하면서, 누구에게나 마음속에 꽃씨가 숨겨져 있음을 알았습니다. 우리가 열심히 물을 주고 정성껏 가꾼다면, 죽음에 이를 때까지 이 나무는 계속 성장하고, 점점 더 아름다운 꽃을 피울 것입니다. 그래서 마침내 우리는 스스로도 행복하고 주위 사람들에게도 행복을 선물할 수 있는 멋진 존재가 될 것입니다.

우리 각자의 마음속에 이 나무가 자라고 꽃을 피울 때, 지구는 아름다운 화원이 될 수 있습니다. 세상 사람들이 그저 난파선이라고만 생각하는 그 배 안엔 값진 보물이 가득 실려 있습니다. 그 보물을 발견해서 불행하고 어두운 삶을 변화시킬 수 있다면, 이것은 얼마나 멋진 일일까요!

　이 책의 많은 부분은 특별한 계기로 쓰였습니다. 고등학교 시절, 싱클레어에게 데미안과 같은 존재였던 친구가 제게도 있었습니다. 그런데 2006년 초겨울 그 친구는 심한 우울증으로 자살했습니다. 마음공부를 하면서 '만일 내가 조금만 더 일찍 마음공부를 시작했더라면, 어쩌면 지금도 그 친구는 살아 있을 수 있을 텐데….' 하는 회한이 들었습니다.

　그런데 지난 20년 동안 함께 공부해온 친구이자 깊이 존경하는 대구교육대 정재걸 선생님이 수년 전 가벼운 우울증으로 고통받았습니다. 저는 정 선생님이 읽고 한 번 웃을 수 있도록 매일 편지를 썼습니다. 그 편지는 선생님이 우울증에서 벗어날 때까지 2년 넘게 계속되었고, 그때 쓴 이야기들을 추려서 이 책에 담았습니다.

　어둡고 깜깜하기만 했던 시간들이 찬란하게 빛나는 날들로 바뀌기를 바라며 이 책을 당신께 보냅니다.

2016년 가을

지은이 홍승표

Part 1

'인생의 왕관'을
쓸 자격

살다 보면, 하늘이 원망스러울 때가 있습니다.

이런 의문이 절로 떠오릅니다.

'하늘은 나에게 왜 이리 가혹한 시련을 주는 것일까?'

이때, 시련 속에 '하늘이 주는 선물'이 담겨 있음을 안다면

그것은 멋진 일일 것입니다.

혹독한 기후와 척박한 토양에서 자란 포도는 그 맛이 깊습니다.

고통의 연금술은 자신에게 닥친 시련을 성장의 계기로 바꾸는 것입니다.

아주 순탄하게 살아온 사람보다 고통스런 상황에 창조적으로 대응해온 사람이

삶의 더 높은 곳에 도달할 수 있습니다.

늙으니까,
아! 참 좋다!

늙어간다는 것은 '거짓 나'의 측면에서 보면 상실의 과정이지만, '참 나'의 측면에서 보면 성숙의 과정입니다. 우리는 '거짓 나'의 늙어감을 '참 나'를 자각하는 기회로 활용할 수 있습니다. 그것이 바로 늙음에 대한 연습입니다.

나이 들수록 삶이 힘겹게 느껴집니다. 요즘은 운전을 할 때 주위 상황판단이 예전처럼 빨리 안 될 때가 많습니다. 운전이 예전보다 힘들고, 특히 장거리 운전을 하고 나면 피로가 오래갑니다. 땡볕에 조금만 걸어도 힘이 듭니다. 아침에 일어나면 온몸이 찌뿌드드합니다. 위장의 소화기능도 예전 같지 않고, 눈도 침침하고, 모든 장기의 기능이 약해짐을 느낍니다. 늙음이란 이처럼 '개체로서의 나'가 해체되어가는 과정입니다.

여기에 어떤 좋은 점이 있을까요? 좋은 점은커녕 늙음을 받아들이는 것조차 힘듭니다. 그렇다면 어떻게 늙음을 받아들일 수 있을까요? '거짓 나'와의 동일시를 멈춤으로써 받아들일 수 있습니다.

늙음은 '거짓 나'가 해체되어가는 과정입니다. 그러므로 '거짓 나'를 나라고 생각하는 한 우리는 늙음을 받아들일 수 없으며, 창조적으로 나이 들어갈 수 없습니다. 현대인은 바로 이런 이유 때문에, 젊음에 집착하면서 추하고 고통스럽게 늙어가는 것입니다.

오늘날 노인은 지구상에서 가장 고통스런 집단이 되어버렸습니다. 평균 수명이 가파르게 증가하는 현 시점에서, 노년기가 지옥과 같이 고통스럽다는 것은 인류에게 내려진 커다란 재앙입니다. 우리는 '거짓 나'가 나라고 생각하건, '참 나'가 나라고 생각하건, 반드시 늙습니다. 하지만 '거짓 나'가 나라고 생각하면 반드시 추하고 고통스럽게 늙고, '참 나'가 나라고 생각하면 아름답고 행복하게 늙어갈 수 있습니다.

그렇다면 '참 나'가 나라고 생각하는 것이 훨씬 유리하겠지요. '참 나'가 나라고 생각하고 '거짓 나'와의 동일시를 멈추어야 합니다. 그러면 늙음을 '거짓 나'의 해체과정으로 편하게 받아들일 수 있습니다.

'참 나'가 나라고 생각하더라도, '거짓 나'의 해체과정으로서의 늙음 자체가 그리 유쾌한 것은 아닙니다. 그러나 '참 나'의 관점에서 보면, 늙음에는 멋진 것이 숨어 있습니다. 단단한 '거짓 나'의 껍질이 깨어질 때가 '참 나'가 깨어나 활동할 수 있는 기회입니다.

그래서 치명적인 질병에 걸린 사람이나, 사형선고를 받은 죄수, 경제적인 파산자, 인기나 명예의 실추를 경험한 사람 등은 '참 나'로서의 자신을 자각할 가능성이 높아집니다. 이 모든 경험의 공통점은 '거짓 나'의 껍질이 심한 균열을 일으켰다는 점입니다. 늙음도 마찬가지입니다.

또한 늙음은 다른 경험과는 달리 모든 사람에게 찾아오는 존재 비약의 기회입니다. 그래서 '거짓 나'의 관점에서 보면, 비관적으로밖에 해석될 수 없는 늙음에는 놀라운 선물이 숨겨져 있는 것입니다. 이 놀라운 선물을 받는 것, 이것이 바로 잘 늙어가는 것의 의미입니다. 이 놀라운 선물을 받아들인다면, 우리는 이렇게 말할 수 있습니다.

'늙으니까, 아! 참 좋다!'

대체 무엇이 좋은 걸까요? 우리는 점점 더 상대방의 단점이나 허물에 대해 너그러워질 수 있습니다. 예전에 눈에 거슬리던 어린이나 젊은이의 행동도 그저 귀엽고 예뻐 보입니다. 예전엔 대수롭지 않게 여겼던 것들, 옆에 있는 아내, 걸을 수 있는 다리, 음식물을 소화시켜 에너지로 바꾸어주는 위장, 매일 뜨고 지는 해와 달 등 모든 존재의 경이로움을 느낄 수 있고 감사할 수 있게 됩니다. 공자가 '이순耳順'이라고 말했듯, 늙어갈수록 점점 더 유연해지고 자신의 생각이나 신념과 어긋나는 상대방의 말도 귀담아들을 수 있습니다.

나이 들어 한가로운 시간이 많아지니, 삶이 편안하고 누워서 빈둥빈둥 게으름을 즐길 수 있습니다. 죽음이 다가오니 예전에는 집착했던 것, 심각하게 여겼던 모든 것을 향해 미소 지을 수 있게 됩니다. '참 나'를 나로 받아들인 노인은 그래서 이렇게 말합니다.

"늙으니까, 아! 참 좋다!"

치매

치매는 자연스런 노화과정의 하나입니다. 늙으면 몸속 장기나 관절의 기능이 약화되고 이런저런 문제가 발생하듯이, 정신작용(기억, 사고, 판단, 추상 등)도 기능이 약화되고 문제가 발생합니다. 치매는 인간으로서의 존엄성을 상실하는 것일까요?

이렇게 물어보지요. 장기나 관절의 퇴화가 인간으로서의 존엄성을 상실하는 것일까요? 아닙니다. 왜냐하면 인간은 장기나 관절을 훨씬 넘어서 있는 존재이기 때문입니다. 정신작용의 퇴화 역시 마찬가지입니다. 왜냐하면 인간은 정신작용을 훨씬 넘어서 있는 존재이기 때문입니다.

육체와 정신작용의 퇴화란 우리의 존엄성을 훼손할 수 없는 사소한 일입니다. 돌멩이나 먼지를 포함해서 우주만물은 모두 '참 나'를 갖고 있으며, 그러므로 존엄하지 않은 존재는 하나도 없습니다. 그러므로 존엄성의 근거인 '참 나'는 상실될 수 없는 것입니다. 모든 존재가 '참 나'를 내장하고 있지만, '참 나'가 자각되고 활동성을 갖는 것은 인간의 경우에만 가능합니다.

노화는 '참 나'를 잃어버리는 것이 아니라 '참 나'의 활동성이 약화되는 것일 뿐입니다. 그리고 마침내 죽으면 '참 나'의 활동성이 완전히 정지합니다. 그러나 이 경우에도 인간의 존엄성은 길에 굴러다니는 돌멩이의 존엄성과 마찬가지로 결코 훼손될 수 없는 것입니다.

결론적으로 볼 때, 치매는 자연(도道와 하나인)으로부터 벗어난 인간이 자연으로 다시 되돌아가는 자연스러운 운동입니다. 우리는 늙음과 죽음을 두려워할 필요가 없듯이 치매를 두려워할 필요가 없습니다.

가을 풀

꿈을 꾸었습니다. 저는 지금보다 더 나이 들어 죽음에 다가서 있었습니다. 이젠 모두 왔던 곳으로 돌려보내주어야 할 때라는 것을 느꼈습니다. 잠에서 깨어서도 꿈속에서의 느낌이 계속 이어졌습니다. 젊은 시절이 축적하고 성취하고 나아가는 시기라면, 노년기는 베풀고 보내주고 돌아가는 시기라는 생각이 들었습니다. 지금 저는 축적과 성장의 정점에 서 있으며, 이젠 베풀고 보내주는 삶을 시작해야 할 때라고 느꼈습니다.

가을이 왔습니다. 어둡고 습한 땅속에서 온 힘을 다해 대지를 뚫고 싹을 틔웠을 때 느꼈던 환희가 새롭습니다. 무럭무럭 자라 잎을 무성하게 키워내고 예쁜 꽃을 피웠던 시절을 생각해봅니다. 이제 나는 몸속에 약간의 햇빛과 물만을 남겨두고 모두 보내줍니다.

불면증

나이가 들면서, 커피를 마신 날 밤엔 불면증에 시달리는 일이 많습니다. 커피를 마시고 11시쯤 잠자리에 들었는데 잠이 오지 않았습니다. 바로 누웠다가, 모로 누웠다가, 엎드려 누웠다가…. 그러다가 문득 심한 불면증에 시달렸던 어떤 사람 이야기가 떠올랐습니다.

그 사람은 수십 년을 심한 불면증에 시달리다가 최후의 방법으로 성철 스님을 찾아가 아주 어렵게 스님을 친견했습니다. 스님에게 자신의 고통을 하소연하며 간절히 도움을 청했는데, 스님은 퉁명스럽게 한마디를 던지곤 일어서 나가버리셨습니다.

"그리 잠이 안 오는데 뭐할라꼬 그리 잘라카노?"

그 사람은 깊은 실의에 젖어 어깨를 축 늘어뜨린 채 집으로 돌아왔습니다.

그런데, 잠자리에 누웠다가 문득 스님의 말씀이 떠올랐습니다. 그래서 이렇게 마음먹었습니다.

'그래, 잠이 안 오면 자지 말지 뭐.'

그랬더니 죽음과 같은 깊은 잠에 빠져 1주일 동안 내리 잠만 잤습니다. 이 일로 그 사람은 크게 깨우쳐 대구 향교 인근에 절을 세우고 새로운 삶을 살았습니다.

그래서 저도 생각했습니다.

'그래, 잠이 안 오면 자지 말자.'

이렇게 자고자 하는 마음을 내려놓았습니다. 자야겠다는 마음을 내려놓으니, 불면에 따르는 이차적인 고통이 줄어들었습니다. 그리고 머릿속에 떠오르는 온갖 생각들을 그냥 떠오르게 내버려두며 지켜보았습니다. 갖가지 생각들이 마구 솟아오르는데, 마치 무슨 버라이어티쇼를 보는 느낌이었습니다. 그러다가 어느새 깊이 잠들었습니다.

아침에 깨어 저는 이렇게 생각했습니다.

'나를 찾아오는 모든 것이 진리의 세계로 들어가는 문이로구나!'

대머리

늙음이 저에게 준 선물의 하나는 대머리입니다. 벌써 오래전에 뒷머리가 휑한 것을 보고 깜짝 놀랐습니다.

'어린 시절에는 터벅머리라는 별명을 갖고 있었던 내가 대머리가 되다니….'

하느님이 저를 특히 예뻐하셨는지 저는 유달리 일찍 대머리가 되었습니다. 그리고 이때부터 대머리는 저를 지배하기 시작했습니다. 수업시간에 판서를 할 때도 학생들이 제 휑한 뒷머리를 보고 비웃는 것 같아 무척 불편했습니다.

그러던 어느 날 문득 저는 대머리에 대한 저항을 그만두었습니다.

'에이, 나는 왜 이렇게 머리가 빨리 빠지는 거야? 머리 빠진 내 모습이 정말 싫어!'

제가 이렇게 말할 때마다 대머리는 더 강한 힘을 갖고 저에게 고통을 준다는 사실을 알았기 때문입니다. 저는 생각했습니다.

'내가 대머리에 저항하면, 머리카락이 새로 돋아나 대머리가 아닌 나가 될 것인가?'

답은 뻔합니다.

'아니, 내가 대머리에 저항하더라도 나는 여전히 대머리다. 단지 저항할 경우, 나는 고통스러운 대머리일 뿐이다.'

대머리일 것인가 아니면 대머리가 아닐 것인가는 나의 선택이 아닙니다. '대머리인 나'는 이미 발생한 돌이킬 수 없는 상황이며, 나의 선택은 '대머리인 나에게 저항할 것인가?' 아니면 '대머리인 나를 받아들일 것인가?'입니다. 대머리인 나에게 저항하면, 대머리인 나는 점점 더 나를 지배하게 되고, 나는 대머리로 인해 많은 고통을 받을 것입니다. 하지만 대머리인 나를 받아들이면, 나는 여전히 대머리이지만 대머리가 나를 지배하는 힘은 약해지고 대머리로 인한 고통도 적어질 것입니다.

둘 중 어느 것이 합리적인 선택일까요? 물론 후자입니다. 그래서 저는 대머리인 저를 받아들이고 제가 대머리라는 사실과 완전히 하나가 되었습니다. 그랬더니 저는 대머리인 채로 대머리로부터 조금씩 자유로워질 수 있었습니다.

저를 처음 본 학생이 속으로 말합니다.

'하하하! 저 선생님 대머리네.'

제가 속으로 답합니다.

'응, 나 대머리야.'

학생들이 저의 대머리를 보고 웃으면, 저도 제 대머리를 보고 웃습니다.

왜냐고요? 제 대머리가 우습기 때문입니다. 저는 대머리이지만, 대머리는 제가 아닙니다. 저는 대머리의 노예가 아니라 대머리를 바라보며 웃음 짓는 사람입니다. 이래서 저는 '거짓 나'로부터 또 한 걸음 벗어나게 됩니다.

메멘토 모리

예순을 바라보는 나이에 이른 저에게, 늙음은 이미 다가왔고, 병도 다가오고 있으며, 죽음 역시 한 발자국씩 가까워지고 있습니다. 만일 제가 이것을 피하려고 몸부림친다면, 저는 점점 더 깊은 고통의 늪에 빠져들어 지극히 불행한 사람이 되어갈 것입니다.

오늘날 노인들이 극심한 고통 속에 살아가고 있는 것도 바로 이런 이유 때문입니다. 학교에서는 성공과 승리의 꼭대기를 향해 올라가는 방법만 가르쳐주지, 아름답게 내려오는 방법은 가르쳐주지 않습니다. 가정이나 TV에서도 마찬가지입니다. 신체적으로는 20세 이후에, 사회적으로는 50세 이후에, 보통 인생은 하강운동을 시작합니다. 그리고 결국 죽음에 이르러서야 하강운동을 멈춥니다.

인생 후반의 긴 시간이 하강운동의 기간이지만, 우리는 어떻게 창조적이고 아름답게 내려오는지를 모릅니다. 때문에 하강운동이 시작되면, 현대인은 하루하루 죽음에 이르기까지의 긴 시간 동안 점점 더 고통스런 삶을 살아가며 주변에도 고통을 줍니다. 이것은 심각한 사회문제가 되어버렸습니다. 누구에게나 다가오는 죽음을 창조적으로 맞이할 수 있는 방법은 없는 것일까요? 죽음 앞에서 삶의 정점에 도달할 수 있는 방법은 없는 것일까요?

있습니다. 공자는 나이 칠십(당시로는 운명하기 직전)에 이르러 '마음이 가는 대로 행해도 법도에 어긋남이 없는' 삶의 정점에 도달할 수 있다고 말씀하셨습니다. 어떻게 그럴 수 있을까요? '거짓 나'에서 벗어나 '참 나'로 전환하면 됩니다. 그러면 우리는 늙음과 질병, 죽음을 받아들이고, 여기에서 배움을 얻고 참된 성장을 이룰 수 있습니다. 시간이 갈수록, 우리는 점점 더 평화롭고 행복한 사람이 될 것이며, 사랑하는 사람들에게 기쁨과 행복을 선물할 수 있는 존재가 되어갈 것입니다.

장자는 이렇게 말했습니다.

"하늘은 우리에게 삶을 주어 수고롭게 하고, 늙음을 주어 편안하게 하고, 죽음을 주어 쉬게 한다."

자신에게 다가오는 늙음과 질병, 죽음을 멀리하지 마십시오. 그것은 떨쳐버리려고 노력할수록 더 찰싹 달라붙어서 우리를 고통의 늪에 빠뜨릴 것입니다. 늙음과 질병, 죽음을 늘 가까이 두고, 좋은 친구로 삼으십시오. 특히 죽음을 늘 가까이에 두고, 매일매일 죽음을 생각하십시오. 그렇게 한다면 우리는 많은 선물을 받을 수 있습니다. 자유, 감사, 용서, 평화, 사랑, 우리가 온 생애를 바쳐 구해야 하는 소중한 모든 것을 선물 받을 수 있습니다.

아무것도
두렵지 않다

죽음을 친구로 삼는다면, 우리는 마음의 평화를 얻을 수 있습니다. 마음이 평화롭지 않은 이유는 '갖고 있는 것을 잃어버리면 어떡하나?', '갖고 싶은 것을 얻지 못하면 어떡하나?' 하는 불안과 두려움 때문입니다.

하지만 죽음은 가장 마지막의, 최종의 상실이기에 죽음을 친구로 삼으면 어떤 일도 우리를 불안하게 만들거나 두렵게 할 수 없습니다. 외모의 훼손, 경제적인 파산, 명예의 실추, 직업의 상실, 건강의 악화, 배우자나 친구의 죽음…, 이런 것들이 평소에 우리를 불안하게 하고 두렵게 만드는 사건입니다. 그러나 죽음 앞에 서면, 이 모든 것들은 특별할 것이 없는 그냥 지나가는 일일 따름입니다. 그래서 죽음을 친구로 삼으면, 우리는 이 모든 삶의 위험과 위협 앞에서 당당할 수 있습니다.

사랑할 수 있는
존재

'사랑할 수 있는 존재가 되는 것.'

　이것은 삶이 도달해야 할 궁극적인 목적지입니다. 죽음을 늘 나의 곁에 두면, 진부하게 여겨졌던 일상이 갑자기 광채를 발하게 됩니다. 가족과 함께 식사하는 것, 하늘이 파란 것, 시냇물이 예쁘게 흘러가는 것, 친구와 차를 마시며 노닥거리는 것…, 이 모든 것들의 소중함과 아름다움을 깨닫고, 우리는 삶을 사랑하게 됩니다. 사랑의 능력이 커질수록 행복해지고, 우리가 사랑하는 사람들도 그 혜택을 누리게 됩니다.

　아주 나쁜 것으로만 보였던 죽음은 이렇게 많은 선물을 감추고, 우리에게 자신이 줄 수 있는 선물을 받아가라고 독촉합니다. 누구나 마침내 죽음을 맞이할 것이기에, 모든 사람이 죽음을 가까이 두고, 죽음을 통한 수행을 할 수 있습니다.

무너져내리니
기쁘다

열등감이 심한 사람은 상대방이 쏜 화살에 자존심의 상처를 입을 수 있는 큰 과녁을 갖고 있습니다. 저는 열등감이 심한 사람이어서, 자존심의 상처를 입는 일이 잦습니다.

자존심이 상하는 상황을 만났을 때, 어떻게 해야 할까요? 제 경험을 토대로 말씀을 드려보겠습니다.

학생들이 쏜 화살에 대한 이야기입니다. 학생들의 수업태도 때문에 자존심에 상처를 받았습니다. 저는 나름 열심히, 중요하다고 생각한 내용을 가르쳤는데, 한 학생은 노골적으로 '되지도 않는 소리'라는 표정을 지었고, 여러 학생은 잠을 잤고, 또 여러 학생은 고개를 숙이고 듣지 않았습니다. 강의를 하는 동안 무척 힘이 들었고, 수업이 끝난 후에도 불행했습니다. 연구실에 앉아 곰곰 생각했습니다.

'학생들이 쏜 화살에 맞아 상처받은 나는 누구일까? 그것은 '자신의 수업이 의미 있다고 생각하는 나(거짓 나)'다.'

저는 이해했습니다.

'학생들이 쏜 화살이 커다란 과녁인 나의 자존심에 명중했고, 이로 인해 나는 고통을 느끼는구나. 나의 자존심의 실체는 무엇일까? 나의 학문이 대단한 것이란 생각인가?'

저는 서서히 '학생들이 쏜 화살을 맞아 고통받는 나'에서부터 '고통받는 나를 바라보는 구경꾼'으로 바뀌어갔습니다. 구경꾼인 내가 한마디 했습니다.

'하하하! 잘난 척하더니만 꼴좋다!'

구경꾼인 나는 '학생들이 쏜 화살을 맞고 자존심에 상처를 입은 나'를 자존심을 복구하려는 노력 없이 그냥 따뜻한 눈으로 지켜보았습니다. 그리고 마침내 말했습니다.

'자존심이 무너져내리니, 아! 참 좋다!'

자존심이 무너져내리는데, 그래서 고통스러운데, 저는 무엇이 왜 좋을까요?

《주역》의 '중뢰진괘重雷震卦' 괘사에 이런 구절이 있습니다.

진래혁혁震來虩虩

소언아아笑言啞啞.

"지진이 일어나 모든 것이 무너지니 두려운 마음이 일어나는데 웃음소리가 들린다."라는 의미입니다. 지진이 일어나 그때까지 세워 두었던 모든 것이 무너지는데, 그래서 두려운 마음이 드는데, 웃음소리가 들린다니, 어찌 그런 일이 있을 수 있을까요?

그 이유는 이런 것입니다. 무너져야 할 것이 무너지니 기쁜 것입니다. 무너져야 할 것이 무너진 바탕 위에서만 새로 세워야 할 것을 세울 수 있으니, 무너짐에 크게 웃음을 터트리는 것입니다.

제가 지금까지 지켜왔던 자존심은 어떤 것일까요? 그것은 마땅히 무너져야 할 것입니다. '거짓 나'의 자존심이 무너진 바탕 위에서만, '참 나'의 자긍심을 새로 세울 수 있습니다. 지진(학생들의 불량한 수업태도)이 와서 자존심이 무너져내리니(震來), 고통스럽지만(虩虩), 무너져내려야 할 것이 무너져내리니 기쁩니다(笑言啞啞).

그래서 저는 말합니다.

'자존심이 무너져내리니, 아! 참 좋다!'

굴욕감의 연금술

살다 보면, 굴욕감을 느끼는 경험을 할 때가 있습니다. 굴욕스런 경험은 고통스럽습니다. 이럴 땐 어떻게 해야 할까요?

3명 이상이 신청해야 대학원 수업이 개설되는데, 제 과목을 1명밖에 신청하지 않아, 과목이 폐강 위기에 처했습니다. 학과장님께 대학원생을 구걸하는 굴욕적인 전화를 했습니다. 전화기를 들었다 놓았다 하면서 한참 고민한 끝에 전화를 걸었습니다. 굴욕감으로 인해서 목소리가 조금 떨리는 것을 느낄 수 있었습니다. 전화를 끊고 나서도 여전히 굴욕감이 가시지 않았습니다. 오랜만에 경험해보는 굴욕감이었습니다.

교수직이라는 방탄조끼 안에 살게 되면서부터 저는 굴욕감을 경험하는 일이 드물어졌습니다. 그러나 박사학위를 받고 나서 교수직

을 얻기까지 7년 반 동안의 시간강사 시절에 저는 일상적으로 굴욕
감을 경험했습니다. 피부가 벗겨져나간 몸처럼, 누군가 살짝 건드리
기만 해도 저는 자지러지게 통증을 느꼈습니다. 때로는 열등감과 우
월감을 동시에 갖고 있는 사람들이 제 상처를 콕콕 쑤시는 듯한 경
험을 하기도 했습니다.

미국에서 돌아와 강의를 시작한 첫날이었습니다. 학과 선생님들
이 일러준 대로 저는 학교 통근버스를 기다려 승차했습니다. 그런데
봉변을 당했습니다. 버스운전사분이 큰소리로 신분증을 제시하라는
것이었습니다. 사람들의 이목이 모두 저에게 집중되었습니다. 물론
첫 출근하는 시간강사인 저에겐 신분증이 없었고, 제 얼굴은 벌겋게
달아올랐습니다. 제 행색으로 미루어, 경험 많은 버스운전사는 제가
학생이 아니고 첫 출근하는 시간강사임을 짐작했으리라 믿습니다. 그
리고 그는 작은 목소리로 저에게 말할 수도 있었다고 생각합니다. 그
에게는 일종의 장난이었겠지만, 저에겐 큰 상처가 되었습니다.

저는 빈번히 이런 유의 상처를 받았습니다. 그 당시 저는 굴욕감
의 연금술을 몰라서 그냥 굴욕감으로 인해 상처 입고 고통받았을 뿐
입니다. 하지만 존재 차원에서 보면, 명예로움에는 기회가 없지만,

굴욕의 체험에는 존재의 수직적인 비약을 위한 소중한 기회가 있습니다. '거짓 나'의 눈으로 보면, 굴욕감의 경험은 중대한 사건이며, 굴욕감으로 인한 상처는 벗어날 길이 없습니다.

하지만 '거짓 나'의 틀에서 벗어나 보면, 명예나 불명예는 모두 대수롭지 않은 것입니다. '명예나 불명예 모두가 별것 아님'이라는 자각이 생겨났을 때, 우리는 명예나 불명예로부터 자유를 얻게 되며, 삶은 전보다 편한 것으로 바뀝니다. 또한 굴욕감은 존재의 비약을 이루는 '좁은 문'이 될 수 있습니다.

'굴욕적인 전화'를 걸면서 '굴욕감을 느끼는 나'를 섬세하게 관찰했습니다. 오랜만에 찾아온 '굴욕감이란 귀한 손님'을 반갑게 맞이했습니다. 그리고 '굴욕감'이 제 안에서 편히 머무를 수 있도록 허용했습니다. '평소 기고만장해 있다가 굴욕감으로 고통받는 나(거짓 나)'를 향해 미소 지었습니다. 굴욕감의 체험이 저를 낮아지게 함에 감사했습니다. 굴욕감이 저를 진리의 세계로 이끌어줄 안내자임을 알았습니다. 이번엔 다른 내가 방긋 미소 지었습니다.

나무가 바위에게

아침 출근길, 아파트를 빠져나가는 통로에 2대의 차가 길을 막고 있었습니다.

'아니, 뭐 저딴 것들이 다 있어!'

마음속에서 화가 일어났습니다. 겨우 2대의 승용차가 교행할 수 있는 우리 아파트 입구인데! 올라오는 차가 있어, 저는 7m 정도나 되는 머나먼 거리를 후진해서 올라오는 차를 보내고 나서야 비로소 아파트를 벗어날 수 있었습니다. 계산해보니, 무려 1분이나 지체되었습니다.

'소중한 1분을 이렇게 헛되이 버리다니….'

화가 불끈 솟구쳤습니다. 저는 1분 1초도 소중히 여기는 사람으로서, 어젯밤에는 컴퓨터 게임이라는 뜻 깊은 작업조차 시간을 아끼느라 2시간밖에 안 했습니다. 그런데 저 저주스러운 차 2대가 무려 1분이란 기나긴 시간을 허비하게 하다니요. 저는 두 차의 차주들에게 증오심에 불타 저주를 퍼부었습니다.

나무가 뿌리를 내리는데, 꼭 지나쳐야 할 통로를 바위가 가로막고 있습니다. 나무는 바위에게 화를 내지 않습니다. 그냥 바위를 돌아 뿌리를 내립니다. 만일 바위가 너무 커 뿌리를 내릴 수 없으면, 나무는 화내지 않고 그냥 말라 죽습니다.

2대의 차가 아파트 입구를 막고 있습니다. 우리는 매일 진로를 가로막는 2대의 차를 만납니다. 그럴 때마다 우리는 화를 냅니다. 하지만 2대의 차는 이미 거기 있고, 우리가 화를 낸다고 해도 여전히 거기에 있습니다. 어떤 사람은 그 2대의 차 때문에 하루를 망칩니다. 만일 운전자가 타고 있는 차라면, 내려서 호통을 치며 시비가 붙고 큰 싸움으로 번질지도 모릅니다. 그러나 나무를 닮은 사람은 이렇게 대응합니다.

'아! 2대의 차가 길을 막고 있구나! 올라오는 차가 있으니 내가 후진해야 저 차도 진입하고 나도 빠져나갈 수 있겠구나!'

그래서 그 사람은 자신의 차를 후진하고, 올라오는 차가 지나가고 난 뒤 자기 길을 갑니다. 이 사람에겐 그날 자신을 가로막는 2대의 차가 없습니다. 어떤 차도 그를 가로막지 못하며, 그는 가로막는 차가 즐비한 인생을 쌩쌩 달립니다. 우리를 가로막는 차들은 무수히 많습니다. 감기, 짜증, 궂은 날씨, 패배, 불운, 재수 없이 넘어져 부러진 다리, 새 옷에 튀어버린 김치찌개 국물, 부모님의 간섭과 잔소리 등등…. 하루에도 몇 번씩 정수리 위로 압력솥에서 김이 빠져나오는 것처럼 뭉게구름이 피어납니다.

F학점의 선생님

수업태도가 나쁜 학생이 매 학기 한두 명씩은 꼭 있습니다. 그래서 저는 늘 태도불량 학생으로 인해 고통받았습니다. 저는 이렇게 생각했습니다.

'태도가 불량한 학생이 없어야만 나는 행복할 수 있어!'

그러나 학기가 바뀌고 또 바뀌어도 태도가 불량한 학생은 끊임없이 나타났고, 저의 불행도 계속되었습니다.

수업 중 말썽을 일으켜왔던 한 학생과 면담을 하기로 했습니다. 이 학생은 번번이 발표를 펑크 내고도 미안해하지 않습니다. 수업시간에는 남자친구와 나란히 앉아 키득거립니다. 어떤 날은 시종일관 잠을 자고, 결석 횟수도 많습니다. 그러면서도 성적에 대한 집착은 남다릅니다. 저는 속으로 생각했습니다.

'아무리 성적에 집착해도 너는 F야. 학기말에 본때를 보여주지!'

그 아이가 눈엣가시처럼 미웠고, 그 아이 때문에 수업에 집중할 수가 없었습니다.

면담을 하기 전에 학생명부를 살펴보다가 이 학생이 실업계 고교 출신으로 '정원 외 입학생'임을 알았습니다. 실업계 고교 출신 학생들은 대학생활에 적응하는 데 어려움을 느끼는 경우가 많고, 때로는 집단따돌림을 겪기도 합니다. 이 학생도 이미 1학년 1학기에 학사경고를 받았습니다. 이 학생은 대학생활이 얼마나 고단할까요. 수업내용을 이해할 수가 없고, 그러다 보니 수업태도도 점점 나빠졌을 것입니다. 어느 순간 저는 학생에게 치밀었던 화가 가라앉고, 대신 연민의 마음이 일었습니다. 그래서 학생이 연구실에 왔을 때, 제가 갖고 있는 가장 좋은 차와 다식으로 정성껏 대접하면서 이렇게 말해주었습니다.

"나는 너를 믿는다. 어쩌면 지금 수업태도가 좋고 공부를 잘하는 아이들보다, 네가 나중에 훨씬 더 훌륭한 사람이 될지도 모른다. 그러니 너도 너를 사랑해주고 믿어줘라."

면담을 마치고 나서 제 속을 썩이던 학생이 제 안에서 사라졌음을 알았습니다. 그 학생은 F학점을 면했고, 저 역시 F학점 선생님에서 벗어났습니다.

가장 행복한 교수

누구도 시련과 좌절을 겪지 않을 수는 없습니다. 시련과 좌절은 대부분 우리를 파괴합니다. 하지만 우리가 지혜롭다면, 시련과 좌절은 나의 진정한 성장과 '참 나'의 깨어남을 위한 계기로 활용할 수 있습니다. 그 방법을 살펴보겠습니다.

1989년 8월, 저는 미국 아이오와 주립대학교에서 사회학 박사학위를 받았습니다. 귀국하면 곧 대학에 취직될 줄 알았습니다. 그러나 함께 공부했던 선후배나 친구들 대부분이 귀국 후 곧바로 취직을 했는데, 저만 유독 7년이 넘도록 취직이 되지 않았습니다. 초조하고 불안했습니다. 미래에 대한 근심은 나날이 커졌습니다. 시간강사로 여러 대학을 전전하면서 자격지심에 시달렸습니다. 경제적인 어려움으로 아내는 밤늦게까지 과외를 해야 했습니다. 당시 저는 이렇게 생각했습니다.

'하늘은 정말 나를 미워하시나 보다!'

그런데 지금 저는 이렇게 생각합니다.

'하늘은 정말 나를 특별히 예쁘게 여기셨구나!'

하늘은 쉽게 이해할 수 없는 방법으로 우리를 사랑합니다. 하늘은 사랑하는 이에게 시련을 줍니다. 시련에는 하늘의 선물이 들어 있습니다. 시련을 겪느냐 겪지 않느냐는 우리의 선택이 아닙니다. 우리의 선택은, 시련 속에 담겨 있는 하늘의 선물을 받느냐 받지 않느냐입니다.

7년 반의 시간은 제 삶에 가장 큰 시련기였습니다. 그러나 저는 그 7년의 세월이 없었다면 결코 발견하지 못했을 제 학문의 길을 찾게 되었습니다. 귀국할 때까지만 하더라도 저는 동양사상에 문외한이었습니다. 그런데 지금 저는 동양사상의 바탕 위에서 탈현대 사회이론을 구성하고 탈현대 문명을 구상하는, 이 세상에서 가장 행복한 사회학자가 되었습니다.

그 7년 동안 저는 많은 상처를 받았고, 상처로 인해 자존심이 무너져내리는 경험도 했습니다. 덕분에 저는 상처 입는 사람들의 마음을 헤아릴 수 있게 되었으며, 그들을 존중하게 되었습니다. 제 경제적인 무능으로 인해 호되게 고생한 아내를 더 깊이 사랑하게 되었습니다. 아내는 취직을 못한 저에게 7년 동안 그 잘 부리는 신경질이나 심통을 한 번도 부리지 않았습니다. 7년 동안 방학이 되면 집에 머무는 시간이 많았는데, 덕분에 아들 성완이와 더 친밀해질 수 있었습니다. 이젠 성인이 된 아들과 저는 요즘도 한 번씩 우리가 함께했던 그 시간들을 그리워합니다.

그리고 7년 반 동안 강사생활을 하다가 취직을 하니 참 좋았습니다. 지금도 저는 함께 근무하는 교수님들 중에서 출근할 때 가장 행복한 마음으로 연구실 문을 여는 교수라고 자부합니다.

구름 위에 지은 집

하루는 아주 강렬한 꿈을 꾸었습니다.

연구실 문을 여니 수많은 학생이 제 연구실에 모여 스터디를 하고 있는 것이었습니다. 저는 화가 머리끝까지 나서 학생들을 쫓아냈습니다. 저를 더 화나게 했던 것은 학생들이 잘못했다는 기색이 없을 뿐만 아니라 오히려 의분을 느낀다는 점이었습니다. 저는 화가 머리끝까지 치솟아 아이들을 내쫓았으며, 심지어 어떤 학생의 목을 힘껏 내리치기도 했습니다.

다음 날 인민재판이 열렸는데, 학생들은 오히려 자신들이 피해자라며 저를 핍박하는 것이었습니다. 도대체 우리가 연구실에 모여 스터디를 한 것이 무엇이 잘못된 것이냐고 항변하는 것이었습니다. 저는 억장이 무너지는 것 같았습니다.

이 꿈의 메시지가 무엇일까 생각해보았습니다.

불안. '거짓 나'의 삶은 언제나 '존재론적인 불안'에 직면합니다. 내가 원하는 것을 차지하지 못할 것에 대한 두려움과 내가 차지한 것을 상실할 것에 대한 두려움입니다. 이 꿈은 후자의 경우에 해당하겠지요. 그러므로 '거짓 나'는 어떤 상황에서도 불안으로부터 자유로울 수 없습니다.

저의 경우는 꿈속에서 겪었지만 실제 상황에서 이런 강한 박탈을 경험할 수 있습니다. 문화 혁명기를 살며 숫한 고난을 겪었던 중국 지식인들이 그 전형적인 사례라고 생각합니다. 문화 혁명 이전 시대를 이끌었던 교수나 작가와 같은 지식인들은 팻말을 목에 걸고 어린 홍위병들에게 구타를 당하며, 머리를 깎이고, 무릎을 꿇린 채 자아비판을 강요당했습니다. 그들 중 많은 수는 자살을 하거나 정신병자가 되었으며, 지금도 그날의 악몽에 시달리는 사람들이 많다고 합니다.

견디기 힘든 명예의 실추, 자존심의 추락, 이와 같은 일이 자신에게 닥쳤을 때 어떻게 해야 할까요?

이것은 '거짓 나'가 겪을 수 있는 최악의 상황이기 때문에 '참 나'에 이를 수 있는 결정적인 계기로 활용될 수 있습니다. 저는 꿈속의 상황에 근거해서 연습을 해보았습니다. '인민재판에서 학생들로부터 핍박받는 나', 이런 상황에서 제가 어떻게 해야 할까요? 저는 학생들에 의해 끌려나가 자아비판을 강요당하면서 교수로서의 자존심이 무너져내린 저를 봅니다. 무너져내리는 자존심을 복구하려는 어떤 노력도 하지 않은 채, '자존심이 무너져내리는, 그래서 고통받는 나'를 따뜻한 눈으로 지켜봅니다. 지금까지 나는 구름 위에 집을 짓고 살아왔음을, 그것은 어차피 무너져내릴 수밖에 없는 것이었음을 자각합니다.

그래서 저는 말합니다.

'무너져내릴 것이 무너져내리니, 아! 참 좋다!'

구름 위에 지은 집에 사는 동안은 반석 위에 집을 지을 수 없습니다.

그래서 파괴가 바로 진정한 창조의 기틀이 됩니다. 만일 운이 나빠 죽음에 직면해서야 내가 구름 위에 지은 집에서 살아왔음을 자각한다면 그건 더욱 슬프고 절망적일 것입니다. 그러니까 교수직이나 성채 같은 연구실은 구름 위에 지은 저의 집이었고, 거기에 내리친 벼락은 하늘이 제게 준 귀한 선물인 것이지요. 이것이 꿈속에서의 일

이었으니, 저는 여전히 교수직을 갖고 연구실이라는 성채에서 살아
갑니다.

하지만 저는 이제 교수라는 타이틀이나 그것이 제공해주는 온갖
특전으로부터 자유롭습니다. 연습을 통해 교수직이나 교수직이 제공
해주는 특전과의 동일시를 끊었기 때문입니다. 궁극적으로 죽음을
맞이하면, 우리가 그때까지 안주해왔던 모든 구름 위의 집들이 파괴
될 것입니다. 만일 죽음 이전에 그 모든 것이 구름 위의 집임을 자각
하고, 반석 위에 집을 지을 수 있다면, 그건 아주 다행스런 일일 것
입니다. 우리가 삶에서 겪는 온갖 좌절이나 시련은 구름 위에 지은
집에 균열이 일어나는 것이며, 이것은 우리들이 존재의 비약을 이루
는 데 소중한 기회로 활용될 수 있습니다.

고통이 내공으로

우리 세대만 하더라도 시집살이는 드문 일이 아니었습니다. 또한 우리 세대까지의 시집살이는 무척 고통스런 것이었습니다. 시집살이뿐만 아니라 우리가 겪는 모든 고통은 우리가 거기에 창조적으로 대응하지 못하는 한 우리를 일그러뜨립니다. 어린 시절 모진 가난을 겪은 사람이 돈밖에 모르는 악착스런 성공주의자가 된다거나, 혹독한 시집살이를 겪은 사람이 모진 시어머니가 되는 것이 그 하나의 예이겠죠. 어쩔 수 없이 겪어내야만 고통을 자기변화의 기회로 활용하는 방법을 이야기해보겠습니다.

어느 날 저는 시집살이를 오래 한 아내의 친구를 만났습니다. 제가 총각시절부터 알고 지내던 사람입니다. 그분은 신혼 초에 임신만 하지 않았더라면 이혼했을 것이라고 말했습니다. 그런데 저는 그분에게서 '존재의 아름다움'이 느껴졌습니다.

과거엔 없었던 아우라 같은 것이 그녀를 감싸고 있었습니다. 많이 겸손해지고, 기운은 차분히 가라앉아 있었습니다. 웬만한 일에는 흔들릴 것 같지 않은 침착함과 다른 사람의 어려움을 헤아려주는 능력 같은 것이 감지되었습니다.

함께 대화를 나누고 있자니, 제 마음도 평화로워지고 좋았습니다. 저는 시집살이를 하며 겪은 어려움과 고통이 그녀의 내면을 성장하게 했고, 그녀에겐 자신도 모르게 삶의 내공이 쌓인 것을 알 수 있었습니다. '이젠 어떤 고난이 다가온다 하더라도 그녀를 불행하게 만들 순 없겠구나!' 하는 생각이 들었습니다.

불합리한 상황

《카라마조프가의 형제들》 중 차남 이반은 무신론자입니다. 이반은 질문합니다.

'정말 하느님이 있다면, 왜 천사 같은 아이들이 학대받는 일이 허용되는가?'

그리고 그는 결론을 내립니다.

'하느님은 없다.'

그런데 이 결론의 옳고 그름을 떠나, 결론을 추출하는 과정에 문제가 있습니다. '하느님의 사랑에 대한 이해 부족'이라는 오류입니다. 하느님의 존재는 머리로는 알 수 없는 것인데, 이반은 그런 방식으로 하느님을 알고자 했던 것입니다. 사실 이반의 말처럼 이 세상에는 만일 하느님이 있다면 일어나지 말았어야 할 것 같은 비합리적인 일들이 수없이 일어납니다. 일본 대지진, 아프리카 아이들의 기아와

미국의 음식물 쓰레기, 악한 일만 하고도 평생 호사를 누리는 사람들, 테러와 폭격 등으로 숨진 무고한 사람들 등.

《노자》를 보면 "하늘은 어질지 않아서 만물을 추구와 같이 여긴다."는 구절이 있습니다. 여기서 '추구芻狗'는 짚으로 만든 개입니다. 옛날 중국에서는 제사 때 짚으로 만든 개를 제단 장식에 쓰고 나서 제사가 끝나면 버렸다고 합니다. 그래서 추구란 하찮은 것을 의미합니다.

《성경》 역시 마찬가지입니다. '노아의 방주' 편을 보면 하나님이 커다란 홍수를 일으켜 인간과 모든 생명체를 죽여버리는 장면이 나옵니다. 이것은 인간의 눈으로 보면 납득할 수 없는 일입니다. 하지만 정말 없을 것 같은 바로 그곳에 하느님의 사랑이 깃들어 있습니다. 하느님은 왜 인간에게 그토록 심한 시련을 주시는 걸까요?

그 이유는 시련을 통해서만 도달할 수 있는 진리가 있기 때문입니다. 하느님께서는 인간을 더 깊이 사랑해서, 그를 추구와 같이 여기며, 간절한 마음으로 그가 존재의 비약을 이루기를 바라시기 때문입니다.

지금도 많은 아이들이 부모의 학대를 받고 자랍니다. 여기에 인용한 글은 제 수업시간에 한 학생이 제출한 리포트입니다. 저는 이 학생을 사랑하며, 이 학생이 자신의 시련 속에서 하느님의 선물을 발견할 수 있기를 간절히 기도합니다.

저는 아버지와 사이가 좋지 않습니다. 아버지는 어릴 때부터 저의 모든 것을 다 간섭하셨습니다. 아버지가 직장에서 스트레스를 받고 퇴근하시는 날이면 저는 초조해지기 시작합니다. 왜냐하면 아버지는 수시로 제 방을 검사하고 집안일을 했는지 검사하시며, 심지어 지금 공부하고 있는 책을 다 가져오라며 엄청 무서운 표정으로 소리를 지르십니다. 저는 아버지와 함께 있는 시간이 너무 싫었고 아버지와 행복하게 웃으며 앉아 있었던 기억이 하나도 없습니다.

중학생 때 아버지는 매주 시험에서 틀린 개수만큼 때리셨습니다. 고등학생 때는 수학 성적이 낮은 것을 보고 제 책을 다 집어 던지셨습니다. 열심히 했는데 결국 아버지에 의해 찢겨진 책을 보며 한참 울었던 기억이 있습니다. 아버지가 그런 식으로 간섭을 할 때마다 너무 힘들었습니다. 대학생이 되어서도 달라진 것이 없었습니다. 취직 때문에 또 모든 것을 간섭하십니다. 저는 아버지에게 심하게 혼난 날이면 방에 들어가 아무것도 하지 못한 채 하루 종일 절망하고 슬퍼하며 빨리 집에서 벗어나야겠다고 다짐했지만 변하는 것은 없었고 같은 일이 반복되었습니다.

아버지를 떠올리면 저를 향해 무서운 표정으로 소리 지르시는 모습만 생각이 납니다. 제 주변 친구들은 아버지와 사랑한다는 말을 메시지로 주고받곤 하는데 그런 모습이 저는 항상 부러웠습니다. 왜 아버지는 나만 보면 화를 내실까? 그 생각만 하면 눈물이 나고 이 상황에서 벗어나고 싶습니다. 매일 아버지와 마주치는 것이 꺼려지고 하루 빨리 취직해서 집에서 나가야겠다는 생각으로 고통스럽습니다.

이 글을 읽으며 마음이 많이 아팠습니다. 지구상에 많은 아이들이 여전히 이런 폭력에 무방비 상태로 노출되어 있습니다. 우리는 이런 폭력을 추방하기 위해 온 힘을 기울여야 할 것입니다. 하지만 지금 당장 이 아이는 고통스런 상황에 어떻게 대응해야 할까요?

저는 이렇게 생각합니다. '하느님이 자신을 특별히 사랑하심'을 이 아이가 깨달았으면 좋겠습니다. 하늘은 변덕스러워서 때론 나를 이 세상에서 가장 소중한 존재인 양 어여삐 여기다가 때론 길 한가운데에 내팽개쳐 버립니다. 이 아이처럼 길 한가운데에 패대기쳐지는 인생을 경험해야만 할 때, 아이의 마음속에 떠오르는 생각은 오직 한 가지일 것입니다. '나는 어쩌다가 이런 아빠를 만났는가?' 자신의 저주스런 운명에 대한 한탄과 원망 말입니다.

그러나 한탄과 원망은 나를 더 고통스럽게 하고 망가뜨릴 뿐, 어떤 좋은 것도 거기에서 나올 수는 없습니다. 이 아이가 해야 할 창조적인 응전의 첫 번째 일은 '못난 아빠와 저주스런 상황을 받아들이기'일 것입니다. 내가 받아들이건 받아들이지 않건 상황 자체는 동일합니다. 이 아이의 현 상태가 그렇듯 상황을 거부하면 할수록 고통도 더 커질 따름입니다. 받아들인다는 것은 일어난 상황과 하나가 된다는 것이고, 받아들임의 힘이 커질수록 상황이 갖는 파괴력도 줄어듭니다.

다음으로 해야 할 일은 '고통받고 있는 나'와 거리를 만드는 것, 다시 말하면 동일시를 중지하는 것입니다. '아빠의 폭언과 폭력으로 인해 직접적인 고통을 받고 있는 나', 그리고 '아빠에 대한 두려움과 분노로 인해 간접적인 고통을 받고 있는 나', '이 2개의 불행한 나'가 나가 아니라 '이 2개의 불행한 나를 가엾이 여겨주는 나'가 진짜 나입니다. '참 나'를 깨어나게 해서 '불행 속에 있는 나'를 가엾게 여겨주고, 위로해주고, 따뜻하게 품어주는 것, 이것이 받아들임 이후에 이 아이가 해야 할 일입니다. '운명적으로 너무 무거운 삶의 짐을 어깨에 걸머메고 휘청거리는 걸음을 옮기는 나, 그래도 용케 쓰러지지 않고 잘 견뎌온 나'를 격려해주는 것입니다. 이 작업이 계속될수록, 나는 '고통받고 있는 나'로부터 '고통받는 나를 돌봐주는 나'로의 주체의 전환이 일어나며, 동일한 상황이 갖는 무게는 점점 가벼워집니다. 이젠 삶의 무게를 견딜 수 있는 나의 힘이 많이 커졌기 때문이죠.

내가 고통의 늪에서 조금씩 벗어나게 되면, 나는 이제 나에게 고통을 주는 아버지에게로 시선을 돌릴 수 있습니다. 자녀에게 폭력을 가하는 아버지는 어떤 사람일까요? 이들 모두는 어린 시절에 큰 상처를 받았거나 사회적으로 좌절이나 실패를 경험한 결과 심한 무력감에 시달리는 가여운 사람들입니다. 저도 아내와 아들에게 빈번하게 고함을 지르던 시절이 있었습니다. 제가 대학에 자리를 얻지 못해 방황하던 기간이었습니다. 그때 저는 작은 일에도 화를 폭발시키곤 했습니다. 당시 저는 무력감에 사로잡힌 가여운 인간이었습니다.

우리는 폭력을 가하는 아버지를 무서워하지만, 사실 그는 두려움에 떠는 가여운 사람일 뿐입니다. 자녀에게 고통을 주기도 하지만 스스로 고통받기도 합니다. 만일 우리가 그를 연민의 눈으로 볼 수 있는 능력을 갖게 된다면, 놀라운 변화가 일어날 것입니다. 우리 마음 속에서 아버지에 대한 두려운 마음이 사라지고, 아버지를 위한 기도를 할 수 있게 될 것입니다.

갈등의 노예

살다보면, '이렇게 할까?' '저렇게 할까?' 하면서 갈등에 빠질 때가 많습니다. 얼마 전 동창생이 부친상을 당했습니다.

'갈 것인가, 말 것인가?'

저는 햄릿형 인간이라 이렇게 갈등하는 상황에 빠질 때가 많습니다. 가자니 번거롭고 몸도 왠지 피곤합니다. 그렇다고 안 가자니 친구들에게 비난을 받을 것 같습니다. 이럴 때는 가는 것이 맞을까요? 가지 않는 것이 맞을까요? 답은 '둘 다 틀렸다.'입니다. 가도 후회할 것이요, 가지 않아도 후회할 것입니다. 그렇다면 어떻게 해야 할까요?

맞는 답은 두 가지입니다. 친구들의 비난을 자각하면서 가지 않는 것 혹은 가기 싫어하는 제 마음을 섬세하게 자각하면서 가는 것. 맞고 틀리고의 차이는 가느냐, 가지 않느냐가 아닙니다. 어떻게 가느냐 혹은 어떻게 가지 않느냐에 있습니다.

친구들의 비난을 의식해서 가면 틀린 것입니다.

그러나 가기 싫어하는 제 마음을 자각하면서 가면 맞는 것입니다.

가기 싫어하는 마음에 져서 가지 않으면 틀린 것입니다.

그러나 친구의 비난을 자각하면서 가지 않으면 맞는 것입니다.

'친구의 비난을 의식하는 마음'이나 '가기 싫어하는 마음'의 노예가 되는 것은 틀린 것이고, '친구의 비난을 자각하는 마음'이나 '가기 싫어하는 마음'의 주인이 되는 것은 맞는 것입니다. 삶의 칼날을 잡고 전전긍긍하면서 살아가는 노예의 삶은 틀린 것이고, 삶의 칼자루를 잡고 살아가는 자유인의 삶은 옳은 것입니다.

작고 연약한 풀

큰 병을 앓은 사람 가운데는 존재의 비약을 이룬 사람이 많습니다. 모든 존재의 무상無常을 깨닫고, 영원한 평화와 기쁨을 찾은 사람이 그들입니다. 아내의 친구 남편이 암에 걸렸는데, 그분은 원래 평범한 치과의사였습니다. 암에 걸리고 2년 정도가 지나고 나서 산책로에서 그 부부를 만났는데, 저는 그분을 알아보지 못했습니다. 표정이 너무 평화로워지고 아름다워져서 예전의 모습과는 완전히 달라 보였습니다. 이렇듯 질병은 그 자체로는 고통스럽지만 존재의 비약을 이루는 좋은 계기가 됩니다.

저는 10년 전에 갑상선에 혹이 생겨 정밀검사를 받았습니다. 검사결과를 보면서 담당의사가 암 같다며, 수술을 해야 한다고 말했습니다. 암 같다는 진단을 받았을 때, 가슴이 덜컥 내려앉고 눈물이 나려 했습니다. 수술실에 누워 마취 전에 밝은 불빛을 봤을 때, 만약 여기서 깨어나지 못하고 죽으면 어쩌나 하는 두려움이 엄습했습니다. 죽음을 생각하니, 제 자신이 조만간 흔적도 없이 사라지게 될 것임을 분명히 알게 되었습니다. 그동안 별것도 아닌 것에 집착하며 살아온 일들이 주마등처럼 스치면서, 이젠 그러지 말아야지 하고 다짐도 했습니다.

그 후로 과로 탓인지, 갑상선 수술의 후유증인지, 오른쪽 눈이 심하게 튀어나왔습니다. 세상이 위아래 2개로 보입니다. 운전할 때 눈물이 흘러내리고, 사물이 겹쳐 보여 위험합니다. 얼굴을 자주 찌푸려서 인상도 험악해졌습니다.

주치의가 뇌종양으로 인한 돌출일 수 있으니, 서울의 안과전문병원에 가서 정밀검사를 받으라고 했습니다. CT촬영을 하고 결과를 기다리는 동안 마음이 초조했습니다. 모든 생명은 솟아났다가 사라지는 작고 연약한 풀과 같다는 생각이 들었습니다. 모두 연약한 존재인 우리들이 각자 나름대로 자신이 져야 할 짐을 어깨에 메고 힘겨운 삶을 살아가고 있는 모습에 대한 연민을 느낄 수 있었습니다. 악착을 떨거나 야비해서, 평소에 제가 용서할 수 없었고, 사랑할 수는 더더욱 없었던 사람들에 대해서도 연민의 마음이 들었습니다.

Part 2

끝까지 나 자신을
잘 돌본다는 것

향기로운 사람이란 수행의 결과로 존재의 판이 바뀐 사람입니다.
그러한 변화를 이룬 사람은 자신과 세계를 깊이 사랑할 수 있습니다.
어떤 허물도 용서할 수 있고, 상대방에 대해 깊은 존경심을 가질 수 있습니다.
그런 사람은 겸손하고 상대방을 배려하며, 상대방에게 꼭 필요한 도움을 줍니다.
이렇듯 향기로운 사람은 창조적인 인간관계를 맺어나갑니다.
그리고 《노자》에 나오는 물과 같이
이 세상 모든 존재에 도움을 베푸는 삶을 살아갑니다.
빛과 소금과 같은 그의 존재로 인해,
이 세상은 점점 더 아름다운 곳으로 바뀌어갑니다.

싫은 사람

어려운 시어머니를 모시거나, 직장에서 뒤틀린 상사나 동료와 일하거나 혹은 군대에서 악독한 상관에게 시달려본 적 있다면, 인간관계가 얼마나 힘든 문제인지 절감할 것입니다. 외나무다리에서 이런 사람을 만났을 때, 어떻게 해야 할까요?

저를 싫어하는 사람도 많지만, 제가 싫어하는 사람도 많습니다. 저는 싫어하는 사람을 만나기 싫어합니다. 하지만 어쩔 수 없이 그런 사람을 만나야 하는 경우가 많습니다.

어느 날 부부모임에 참석했습니다. 그 모임은 저를 싫어하기도 하고 제가 싫어하기도 하는 어느 부부가 함께 참석하는 자리입니다. 그전부터 그 부부가 모임에 참석할 거라는 이야기가 있어 꺼림칙했고, 심지어 저는 그들을 만나는 악몽까지 꿨습니다. 마침내 모임에 그 부부를 보자, 저는 있는 대로 짜증이 났습니다. 저녁 먹은 것이 체해서 무척 고생하기도 했습니다.

예전엔 싫어하는 사람을 만나기 전부터 계속 그 사람을 만났고, 만나고 난 뒤에도 그 사람과의 만남은 끝나지 않았습니다. 요즘은 만나는 시간이 무척 짧아졌습니다. 그 비법을 소개할까 합니다.

예전엔 싫어하는 사람을 만날 때, 시선이 늘 그 사람을 향해 있었습니다. 저 사람은 왜 저리 악착스러울까? 저 사람은 왜 저리 치사할까? 저 사람은 왜 저리 주책이 없을까? 저 사람은 왜 저리 악랄할까? 저 사람은 왜 저리 야비할까? 그리고 이렇게 생각했습니다.

'저 사람만 아니면, 나는 훨씬 행복할 수 있을 텐데.'

그러나 이런 생각은 만남을 더욱 고통스럽게 만들 뿐이었습니다. 지금은 제 시선이 '싫은 그 사람'으로부터 '그 사람을 싫어하는 나'로 옮겨졌습니다. 그리고 그 사람을 향해 일어나는 싫은 마음, 짜증스런 마음, 두려운 마음 등을 세심히 관찰합니다.

예전엔 '싫어하는 마음'이 저인 줄 알았습니다. 하지만 이젠 '싫어하는 내 마음을 지켜보고 돌봐주는 마음'이 저임을 압니다. '싫어하는 마음'이 저인 줄 알았을 땐, 싫은 마음이라는 파도가 일면 거기

함몰되었습니다. 하지만 이젠, 싫은 마음의 파도를 저를 찾아온 손님으로 맞아들입니다. 싫은 마음은 그대로 있지만, 거기에 공간이 생겨납니다. '그 사람을 무척 싫어하는 저'를 향해 미소 지을 수 있는 공간입니다.

이러한 유머 공간이 생겨나면, 싫은 마음은 예전처럼 저를 지배하지 못합니다. 어느새 싫은 마음의 노예에서 주인으로 바뀌어 있는 저를 봅니다. 저는 싫은 마음을 품어주고 잘 돌봐줍니다. 싫은 마음에서 해방된 만큼, 싫은 사람을 바라보는 제 시선에도 변화가 일어납니다.

예전엔 그가 싫은 사람이었고 무서운 사람이었습니다. 그런데 이젠 그가 가여운 사람으로 느껴집니다. 저와 똑같이…. 가여운 마음이 일어나자, 저는 그 사람의 잘못을 용서할 수 있게 되었습니다. 그 때까지 보이지 않던 그의 상처와 고통이 보이기 시작합니다. 그에게 진정으로 필요한 것이 경멸이나 증오가 아니라 위로와 사랑임을 분명히 알게 됩니다. 그래서 조금씩 그를 사랑할 수 있게 되었습니다.

적극적으로 미움받기

어머니의 심한 남녀차별 속에서, 귀한 아들로 자란 저는 상대방에게 거부감을 주는 태도를 갖게 되었습니다. 지금도 이런 모습이 남아 있어서, 주위에는 저를 미워하는 사람이 꽤 많습니다. 저는 가능하면 미움을 덜 받으려고 노력했지만, 어떤 경우에는 저를 미워하는 사람들에게 맞불을 놓기도 했습니다.

그러나 마음공부를 시작하면서 변화가 생기기 시작했습니다. 과거에는 미움을 받으면 고통스럽기만 했습니다. 하지만 요즘은 미움을 받으면 오래 손맛을 보지 못한 낚시꾼에게 고기가 걸려들었을 때와 같이, 미움을 반깁니다. 그리고 그냥 미움을 받습니다. 그러면서 이런 깨달음이 생겨납니다.

'음, 나를 향한 미움 속에는 귀한 선물이 들어 있구나!'

'나를 미워함'이란 '나의 거짓 나를 미워함'입니다. 그런데 '나의 거짓 나'는 불교에서 무아無我라고 할 때의 '아我'에 해당하며, 이는 '망상으로서의 나'이며 '깨뜨려져야 할 나'입니다. 그러므로 '나에 대한 미움'은 '나의 거짓 나'를 깨뜨리고 '참 나'로 거듭나는 좋은 계기를 제공해줍니다.

나를 향한 미움을 이렇게 창조적으로 활용하는 것이 바로 마음공부입니다. 미움받지 않으려고 발버둥 칠 때는 미움받는 것이 아주 고통스럽습니다. 그러나 적극적으로 미움받을 때는, 미움받기가 여전히 고통스럽기는 하지만, 견딜 만한 것으로 바뀝니다. 이때 우리는 마음속에서 이렇게 말합니다.

'음, 미움이란 게 받을 만한 것이로구나!'

마음공부란 '거짓 나'와의 동일시를 멈추는 것입니다. 다른 사람들로부터 '미움받는 나가 진짜 나'라고 착각하는 '거짓 나와의 동일시' 상태에서는, 미움을 받으면 고통을 느끼고 상대방에게 그 고통을 돌려주려고 합니다. 하지만 '미움받는 나가 진짜 나'라고 착각하는 '거짓 나와의 동일시'를 멈추게 되면, 우리는 아주 유연해집니다. 누군가가 나를 미워하면, 나는 스펀지가 물을 빨아들이듯 나에 대한 미움을 빨아들입니다. 그리고 이렇게 생각할 수 있는 능력을 갖게 됩니다.

'음, 나(거짓 나)는 저 사람이 미워하기에 충분히 미운 특징을 갖고 있구나. 그러니까 저 사람이 나를 미워하는 것은 당연한 일이지. 나에 대한 미움을 받아들이자.'

그리고 마음공부의 단계가 높아지면, 나(거짓 나)를 미워해주는 사람에게 감사할 수 있습니다. 나(거짓 나)에게 달콤한 말을 건네주는 사람보다는 나(거짓 나)를 미워해주는 사람이야말로 나의 거듭남을 도와주는 진정한 은인이기 때문입니다.

그래서 우리는 마음속에서 이렇게 말합니다.

'나(거짓 나)를 미워해줘서 고마워요!'

칭찬과
비난의 노예

비난을 피하고, 칭찬에 집착하다 보면, 쉽게 칭찬의 노예가 됩니다.

'자신(거짓 나)을 향한 비난을 받을 수 있는 능력', 이것은 삶을 자유롭고 행복하게 살아가기 위한 큰 자산이 됩니다.

지난여름의 일입니다. 유난히 무더운 어느 날, 더위를 별로 타지 않는 아내도 너무 더워서 짜증이 났나 봅니다. 제가 한참 야구를 보고 나서 설거지를 하러 갔더니, 아내가 벌써 제 도시락 설거지를 마쳤습니다. 제가 이렇게 말했습니다.

"아! 당신이 벌써 내 도시락을 설거지해주었네."

그러자 아내는 감정을 듬뿍 실어 소리쳤습니다.

"눈은 번들번들해가지고 야구에 미쳐서!"

저는 아내의 갑작스러운 비난을 들으며 생각했습니다.

'난 과연 야구를 볼 때 눈이 번들번들했을까?'

저는 야구를 무척 좋아합니다. 그러니 연장전의 긴박한 상황에서 모든 것을 잊고 야구에 몰두할 때는 아마도 눈이 번들번들(?)했을 것입니다.

'음, 아내의 말이 맞네. 난 과연 아내의 말대로 야구에 미쳤을까?'

연장전을 보던 순간만큼은 야구에 미쳐 있었을 것이란 생각이 들었습니다.

'음, 그것도 아내의 말이 맞네.'

이렇게 생각하자 아내의 감정이 실린 고함소리를 들으며 제 마음속에 일어났던 화는 힘을 잃어버렸습니다.

그러나 마음공부를 하기 전의 저는 이렇게 여유롭지도 평화롭지도 않았습니다. 누군가가 저를 비난하면, 비난은 제 마음에 격랑을 일으켰습니다. 저는 며칠씩 비난의 말을 곱씹고, 때론 잠을 이루지 못하기도 했습니다. 그랬던 제가 여유롭게 비난을 성찰할 수 있었던 것은 어떤 이유에서였을까요?

그것은 '비난받는 나'가 '진짜 나'가 아님을 자각했기 때문입니다. '비난받는 나'가 진짜 내가 아님을 자각하고 나면, 나는 예전보다 비난받는 것이나 비난으로 인한 상처에 대해 둔감해질 수 있습니다. '저 사람의 거짓 나가 나의 거짓 나에 대해 비난하는구나.' 하는 인식이 생겨나고, 상대방의 비난에 대한 즉각적인 반응은 줄어듭니다. '비난받는 나'가 '내가 아님'을 자각하고 나면, 상대방의 눈으로 '비난받는 나'를 볼 수 있는 능력이 커지게 됩니다.

그래서 '나(거짓 나)는 비난받을 만하구나.' 하고 상대방의 비난을 수긍할 수 있는 능력이 생깁니다. 예전에는 누군가로부터 비난을 받으면 무엇에 찔린 것처럼 고통스러웠는데, 이젠 '비난이라는 것이 받을 만한 것이로구나.' 하는 생각이 듭니다. 오히려 '나에 대한 비난'은 나의 '거짓 나'에 대한 자각과 '거짓 나'의 붕괴에 일조하는 것이기에 '참 나'의 자각과 활동의 계기가 될 수 있습니다.

'진짜 나'는 '비난받는 나'를 자각하고, 따뜻하게 품어주는 나입니다. '진짜 나'가 활동을 시작하면, '너에게 비난받는 나(거짓 나)'도, 그리고 '나를 비난하는 너(거짓 너)'도 따뜻한 마음으로 품어줄 수 있습니다. 이때 우리는 비난과 칭찬의 노예상태에서 벗어나 대자유의 삶을 살아가게 됩니다.

꽃잎으로 변한 화살

열정적으로 강의를 하던 중이었습니다. 그런데 앞자리에 앉아 있던 한 학생이 노골적으로 입가에 비웃음을 짓는 것이었습니다. 그 비웃음의 화살이 날아와 제 마음에 박혔습니다. 저는 당황했고 횡설수설하며 수업을 마쳤습니다. 수업을 마친 후에도 잔상이 남아 제 몸과 마음이 축 쳐졌습니다. 소파에 가만히 앉아 그 과정을 복기해보았습니다.

'내 마음에 박힌 그 학생의 비웃음, 비웃음, 비웃음….'

'비웃음, 비웃음, 비웃음….' 하다가 예전에 제가 비웃음을 짓다가 봉변을 당할 뻔했던 기억이 하나 불쑥 떠올랐습니다.

중학교 2학년 때, 학교 도서관에서 고등학생과 중학생이 바둑을 두고 있었습니다. 저는 바둑을 전혀 둘 줄 몰랐는데, 바둑판을 내려

다보다가 저도 모르게 입가에 비웃음을 머금었습니다. 그때 바둑을 두던 고등학생이 발끈하며 "야, 너 바둑 잘 두냐!?"라며 험악하게 물었습니다. 저는 당황해서 꼬리를 내리고 봉변당하기 전에 황급히 그 자리를 빠져 나왔습니다.

예기치 않게 떠오른 과거의 에피소드로 인해 저에게 약간의 유머 공간이 생겼고, 비웃음을 짓던 학생을 바라보는 제 시선에도 약간의 변화가 생겼습니다.

그리고 다시 복기에 들어갔습니다.

'그 학생의 비웃음은 내 마음 어디에 명중했을까?'

'나의 우월감에.'

제 마음은 이런 것이었습니다.

'감히 이런 훌륭한 강의를 비웃다니….'

영화 '리틀 부다'에서 싯다르타를 향해 마왕이 마군을 동원해서 화살을 쏘아댑니다. '이젠 꼼짝없이 죽었다.' 싶게 수만 발의 화살이 새까맣게 싯다르타를 향해 날아갑니다. 그런데 화살은 싯다르타 가까이에 이르러 아름다운 꽃잎이 되어 떨어집니다.

어떻게 그럴 수 있었을까요?

싯다르타에게는 비난의 화살을 명중시킬 과녁이 없었기 때문입니다.

저는 그 학생이 쏜 작은 화살이 없는 세상, 아무도 저를 비웃지 않는 세상을 찾아다니며 살아야 할까요? 아니면, 화살을 쏜 그 학생을 증오하고 처벌하며 살아야 할까요? 그것도 아니면 작은 화살에 맞아 피를 흘리는 제 우월감을 자각하고 보살펴주어야 할까요?

답은 명백합니다. 비웃음이야말로 저를 '거짓 나'의 꿈에서 깨어나게 하고, 성장시켜줄 보약입니다.

'고마워! 나를 비웃어준 학생!'

불쾌한 나
구경하기

제 마음공부 스승이신 김기태 선생님 아들이 인근 대학 사회학과에 진학했습니다. 그 아이는 이미 진리에 눈뜬 청년입니다. 저는 그 아이가 제 제자가 되어, 제 학문을 계승해서 발전시켜주기를 바랐습니다. 그런데 대화 중 그 아이가 이렇게 말했습니다.

"저는 선생님의 제자가 되고 싶지 않습니다. 저는 미지의 미래를 향해 저 혼자 힘으로 걸어가고 싶어요."

저는 불쾌함을 느꼈습니다. 그래서 이렇게 맞받아주었습니다.

"음, 내 제자가 되고 싶지 않다니, 기쁘다. 사실은 나도 너를 제자로 삼고 싶지 않았단다."

그 아이와 헤어지고 나서 대화를 반추해보았습니다. 누구의 뒤도 따르지 않고 자신만의 사회학을 구축해보고 싶다는 그 아이의 말은, 저의 사회학을 계승하고 싶지 않다는 의미로 여겨졌고, 저에 대한 거부와 제 사회학에 대한 폄하로 해석되었습니다. 그래서 그 아이의 말을 듣고 저는 무척 불쾌했습니다.

저는 불쾌감으로부터 벗어나기 위해, 그 아이에게 불쾌감을 되돌려주는 방법을 택했습니다. 상대방을 불쾌하게 만드는 시도는 쉽게 성공하는 경우가 많고, 이번 경우에도 아마 성공했을 것입니다. 그러나 이것은 문제를 해결하기보다는 더 깊은 불쾌감의 늪으로 저 자신을 밀어 넣었습니다. 이번에도 마찬가지였습니다.

저는 즉각 수행모드에 돌입했습니다. 저는 속으로 이렇게 말했습니다.

'불쾌하니, 아! 참 좋다!'

이 말과 동시에 불쾌감으로부터 벗어나려는 노력을 멈추었습니다. 그리고 이와 동시에 '불쾌감을 느끼는 나'와의 동일시를 멈추었습니다. 그리고 '불쾌감을 느끼는 나를 자각한 나'는 '불쾌감을 느끼는 나'를 재미있게 구경하기 시작했습니다.

'어린 학생의 말을 확대, 왜곡하면서, 상처를 받아 불쾌감을 느끼는 중늙은이인 나.'

이것은 확실히 볼 만한 구경거리였습니다. 저는 이런 치기 어린 저를 용서해주기로 했습니다. 왜냐하면 이런 어린아이 같은 저는, 자신도 어쩔 수 없이 불쾌감을 느끼는 무력한 존재에 지나지 않으니까, 그를 응징하는 것은 너무 가혹한 일이 되겠죠. 그리고 이런 무력한 저를 따뜻하게 품어주었습니다. 작은 일에도 상처받기 쉬운 못난 저를 용서하고 품어주자, 상대방과 상대방의 말에 대해서도 왜곡이 걷히고 현실이 보이기 시작했습니다. 그 아이의 말은 장래에 대한 포부였을 뿐, 저에 대한 공격 의도는 없었음을 알게 되었습니다. 말하자면 상대편은 때릴 의사가 없었는데, 저 혼자서 두들겨 맞은 결과라고나 할까요?

그래서 저는 그 아이도 용서하고 따뜻하게 품어주기 시작했습니다. 저는 불쾌감으로부터 자유로워졌고, 마음에는 평화와 따뜻함이 깃들었습니다.

불쾌함 속에
머물기

어느 날, 수업을 마치고 한 학생이 제 수업태도에 문제를 제기했습니다. 그 학생이 제기한 문제의 요점은 '사회학에는 틀리고 맞는 것이 없다고 배웠는데, 선생님께서는 학생들에게 틀렸다고 말씀하실 때가 많으니, 그런 태도를 고쳐달라.'는 것이었습니다.

학생의 이야기를 듣는 동안 저는 얼굴이 달아오르고 화가 났습니다. 제 마음속에서는 '네까짓 게 뭘 아는데!?'라는 생각이 솟구쳤습니다. 예의를 잃지는 않았지만 되바라진 학생의 태도도 무척 불쾌했습니다. 연구실로 돌아와서도 불쾌한 마음이 가시지 않았습니다.

제 시선은 저를 불쾌하게 한 그 학생을 향해 있었습니다. 저는 선생님으로서의 자존심에 상처를 입었습니다. 즉, '거짓 나'가 공격을 당해 상처받고 무너져내리는, 수행의 호기를 맞은 것입니다. 저는 즉각 수행모드에 들어갔습니다.

'음, 어린 학생으로부터 태도에 대한 비판을 받고 '나의 거짓 나가 불쾌함'에 휩싸여 있군. 그리고 그 여파로 좀 우울하기도 하네.'

그래서 저는 속으로 말했습니다.

'어린 학생으로부터 비판을 받아 내 자존심이 무너져내리니, 아! 참 좋다!'

저는 불쾌함에서 벗어나려고 하지도 않고, 불쾌함에 함몰되지도 않으면서, 불쾌함이란 진귀한 손님을 따뜻하게 환대하며 불쾌함 속에 머물렀습니다.

한참의 시간이 흘렀습니다. 그러다가 문득 '불쾌함, 아! 바로 여기에 무언가가 있구나!' 하는 생각이 떠올랐습니다.

'내 마음에서 일어난 불쾌함. 이것은 얼마나 신비로운 것인가! 아! 그 학생이 나를 향해 날린 뺨따귀는 바로 내가 깊은 잠에서 깨어날 것을 촉구하는 종소리였구나!'

마침내 저는 말합니다.

'되바라진 학생, 나를 불쾌하게 해줘서 정말 고마워요.'

해도 불편,
안 해도 불편

만나야 하지만 만나면 불편한 사람이 있습니다. 이럴 땐 어떻게 해
야 할까요? 복도에서 만나도 제 인사를 받아주지 않는 원로 교수님
이 한 분 계셨습니다. 같은 층에 있고, 저나 그 선생님이나 화장실에
자주 가는 편이어서 어떤 날은 여러 번 마주칠 때도 있었습니다. 그
럴 때마다 저는 마음이 무척 불편했습니다.

'이거 인사를 해야 하나, 말아야 하나?'

인사를 드려도 그 선생님이 인사를 받지 않으면 불쾌하고, 인사
를 드리지 않아도 찜찜합니다. 더군다나 그 선생님은 제가 호감을 갖
고 있는 분이었기에 당혹스러움이 더 컸습니다.

저는 생각해보았습니다.

'저 선생님은 왜 나의 인사를 받지 않을까?'

여러 가지 이유가 떠올랐고, 그중에서 인사를 받지 않는 진짜 이

유로 짐작되는 것도 있었습니다. 그러나 그렇다고 해도 불편함이 사라지는 것은 아니었습니다. 때로는 먼 거리에서 마주치거나 그 선생님이 제 뒤에서 오면 얼른 제 연구실로 들어와 저도 인사를 하지 않았습니다. 그래도 역시 불편함은 남아 있었습니다. 저는 곰곰이 생각해보았습니다.

'인사를 해도 불편하고, 하지 않아도 불편하니, 어떻게 해야 불편함에서 벗어날 수 있을까?'

그러다가 문득 깨달았습니다.

'거짓 나'의 판 위에서는 모든 일이 이와 똑같은 딜레마에 빠져 있으며, 어떻게 해도 이 딜레마를 벗어날 수 없음을…. 거리의 걸인에게 자선을 베풀어도 찜찜하고 베풀지 않아도 찜찜하며, 동창회에 가도 불편하고 가지 않아도 불편하며, 흐린 날씨에 운동을 강행해도 찜찜하고 중단해도 찜찜하다는 것을….

우리는 보통 특정 행동이나 반응을 통해 불편함에서 벗어나려고 하지만, 어떤 행동을 취하더라도 불편함에서 벗어날 수 없습니다. 불편함을 근본적으로 벗어날 수 있는 길은 '행동A'나 '행동B' 중 하나를 선택하는 것이 아니라 존재의 판을 바꾸는 것입니다. 즉, '거짓 나'의 판 위에서는 이렇게 해도 불편하고 저렇게 해도 불편하며, 이렇게 해도 잘못된 선택이고 저렇게 해도 잘못된 선택입니다. 존재의 판을 바꾼다는 의미는 나의 주체를 '불편해하는 나'로부터 '불편해하는 나를 자각하고, 허용하며, 품어주는 나'로 바꾸는 것을 의미합니다.

존재의 판을 바꾸고 나면, '거짓 나'가 느끼는 불편함이라는 것은 별것 아닌 것이 됩니다. '참 나'의 눈으로 보면, '거짓 나'가 느끼는 모든 감정과 느낌, '거짓 나'의 생각과 근심, '거짓 나'가 빠져 있는 절망적인 상황 등 모든 것이 별것 아닙니다. 그래서 존재의 판을 바꾸고 나면, 나는 여전히 불편한 상황에 놓여 있지만 그 상황의 무게가 가벼워집니다. 그래서 '불편한 가운데 불편하지 않은 역설'이 성립합니다. 저는 더 이상 불편함을 굳이 벗어나려 하지 않고, 이렇게 말합니다.

'불편하니까, 아! 참 좋다!'

저는 '불편함' 속이야말로 가장 편안한 곳이라는 사실을 깨닫습니다. 제가 기꺼이 불편함 속에 머물고자 할 때, 불편함은 더 이상 저를 지배하지 못하며, 저는 불편함으로부터 자유로워집니다.

장인어른의 푸념

2012년에 장인어른과 장모님을 모시고 여수엑스포에 갔습니다. 저와 아내는 혼잡한 곳을 무척 싫어해서 평소에는 사람들이 붐비는 곳에 잘 가지 않습니다. 그런 저희들이 여수까지 가게 된 것은 장인어른의 강력한 요청에 의해서였습니다. 엑스포장의 가장 큰 볼거리는 아쿠아리움이었는데, 한참 줄을 서고 난 후에야 구경할 수 있었습니다. 아쿠아리움을 보신 장인어른의 관전평은 이런 것이었습니다.

"거참, 우리 동네 횟집 수족관보다 못하네."

장인어른의 푸념에 저는 짜증이 왈칵 솟았습니다. 제가 오자고 해서 오신 것도 아니고, 제가 보기에는 정성 들여 잘 만들어놓은 것 같았는데, 이렇게 말씀하시니 모시고 온 입장에서 화가 났습니다. 저는 즉각 수행모드에 돌입했습니다.

'장인어른의 말씀에 짜증이 왈칵 솟아오르니, 아! 참 좋다!'

'거짓 나'의 목소리에 귀 기울이니, 이런 소리가 들렸습니다.

'아니, 힘들게 여수까지 와서 엑스포를 구경시켜드렸는데, 기껏 이런 푸념만 하시나!'

저는 저 자신과 '제가 모시고 온 여수엑스포'를 동일시하고 있음을 알았습니다. 여수엑스포에 대한 장인어른의 반응을 저에 대한 반응으로 간주하고, 거기에 짜증을 낸 것입니다. 어떤 사람이 '동남아 사람들은 코가 납작해요.'라고 말하면 제 마음에 아무런 동요가 일어나지 않지만, '당신 아이는 코가 납작해요.'라고 말하면 제 마음에 파문이 이는 것과 마찬가지 이치입니다. 그래서 저는 즉각 '여수엑스포를 저와 동일시하기'를 멈추었습니다. 그랬더니 제 마음에 일던 파문이 사라졌습니다.

제가 여수엑스포가 아니라면, 장인어른이 아쿠아리움을 '동네 횟집 수족관보다 못하다!'고 하시건 '세계 최고다!'라고 하시건, 그것은 장인어른의 평가일 뿐 저와는 아무런 관계가 없는 일입니다. 그렇다면 그 평가 때문에 제가 짜증을 내거나 기뻐할 이유가 없어지는 것이지요. 동일시를 멈추면, 우리 존재는 유연해져서 더 이상 상대방의 자극에 반응하지 않고, 모든 것을 있는 그대로 받아들일 수 있습니다.

이런 존재 상태를 《주역》에서는 '순천順天'이라 했고, 《노자》에서는 '대순大順'이라고 했습니다. 마음이 무엇에도 신경질적인 반응을 보이지 않고 순해지는 것이지요. 그래서 저는 짜증이나 화를 내지 않고, 장인어른께 말씀드렸습니다.

"그러게요. 이곳은 저희 동네 수족관보다도 못한 것 같네요."

장인어른은 저의 높은 안목에 박수를 보내셨습니다.

어머니와 베갯잇

저희 어머니는 매사에 간섭을 많이 하십니다. 어머니는 사흘이 멀다 하고 제 베갯잇을 갈아 끼우시고, 이부자리도 수시로 교체하십니다. 제 방문을 닫아두어도 집에 돌아와 보면 늘 열려 있습니다. 흰 머리가 보이면 염색을 하라고 성화를 부리시고, '바지가 너무 짧다.', '티셔츠가 낡았다.'는 등 복장에 대해서도 간섭하십니다.

어머니가 간섭을 하시면, 저는 그게 싫고 화가 났습니다. 때로는 싫다고 말도 해보고 화도 내보았지만, 며칠 지나면 또 간섭이 시작됩니다. 저는 어머니의 간섭으로 인해 고통받았습니다.

그런데 언젠가부터 변화가 일어났습니다. 어머니가 베갯잇을 갈아 끼우신 걸 보면, 그냥 '아! 어머니가 오늘 베갯잇을 갈아 끼우셨구나!' 하는 생각만 듭니다. 예전에는 '아이 참, 멀쩡한 베갯잇을 왜 자꾸 갈아 끼우시는 거야!' 하고 짜증이 솟구쳤는데, 베갯잇이 내가 아님을 자각하고 나서부터는, '어머니가 베갯잇을 갈아 끼우셨구나!'에서 생각이 멈출 때가 많습니다. 때로는 아내의 말을 듣고서야 베갯잇을 갈아 끼우신 것을 알아챌 때도 있습니다.

어머니가 간섭하실 때, 저에겐 유머 공간이 생겼습니다. 예전엔 어머니의 간섭이 심각하게만 느껴졌고, '저러지 않으셨으면 좋겠는데….' 하는 원망스런 생각도 들었습니다. 그런데 지금은 어머니가 간섭을 하시고 거기에 감정적으로 반응하는 저를 지켜보면서, '인생이란 게 참 우습구나!' 하는 생각이 듭니다.

또 '어머니가 베갯잇 갈아 끼우는 것을 저렇게 좋아하시는데 하고 싶은 대로 하게 해드리고, 까짓것 베갯잇이 해어지면 새것을 몇 개 더 사지 뭐.' 하는 생각도 듭니다. 그리하여 어머니의 간섭이 계속되는 가운데, 저는 간섭의 영향을 점점 덜 받게 되었고, 어머니와의 관계도 좋아졌습니다.

사랑하고 사랑받기

'이 세상 모든 악취 중에서 사람이 풍기는 악취가 가장 지독하다.'라는 말이 있습니다. 그 말도 사실이겠지만 반대로 '이 세상 모든 향기 중에서 사람이 풍기는 향기가 가장 그윽하다.'라는 말도 사실일 것입니다.

향기로운 사람이란 수행의 결과로 존재의 판이 바뀐 사람입니다. 그러한 변화를 이룬 사람은 자신과 세계를 깊이 사랑할 수 있습니다. 어떤 허물도 용서할 수 있고, 상대방에 대해 깊은 존경심을 가질 수 있습니다. 그런 사람은 겸손하고 상대방을 배려하며, 상대방에게 꼭 필요한 도움을 줍니다. 이렇듯 향기로운 사람은 창조적인 인간관계를 맺어나갑니다.

태양이 빛을 뿜듯, 사랑은 존재변화를 이룬 사람에게서 저절로 뿜어져 나오는 빛입니다. 태양이 예쁜 것과 추한 것을 가리지 않고 비추듯이, 그의 사랑은 사랑스러운 것과 사랑스럽지 않은 것 모두를 향합니다. 사랑스럽지 않은 것은 무엇일까요?

그것은 '거짓 나'입니다. 그러므로 사랑이란 여러 모양과 성품을 가진 '나와 너'를 사랑해주는 것입니다.

추한 나와 너, 모난 나와 너, 오만한 나와 너, 차별하는 나와 너, 탐욕스러운 나와 너, 권력욕에 사로잡힌 나와 너, 불안해하는 나와 너, 고통을 받고 고통을 주는 나와 너, '내가 옳다!'는 생각에 빠진 나와 너, 심심해하는 나와 너, 교활한 나와 너, 이익을 계산하는 나와 너, 이기적인 나와 너, 비겁한 나와 너, 부정직한 나와 너, 충동적인 나와 너, 편협한 나와 너, 분노하는 나와 너, 회한에 사로잡힌 나와 너, 죽음의 두려움에 떠는 나와 너, 감정 표현을 하지 못하는 나와 너, 말이 너무 많은 나와 너….

그리하여 사랑은 사랑하는 이와 사랑받는 이 모두에게 깊은 행복을 가져다줍니다.

채소를
사랑하는 남자

동네를 산책하다가 낡은 아파트 귀퉁이에서 텃밭을 일구고 있는 늙수레한 남자를 만났습니다.

그 사람은 무표정하고 구질구질한 차림을 하고 있었습니다. 그런데 자세히 보았더니 온 정성을 기울여 채소를 돌보는 것이었습니다! 겉으로 보아서 아무런 매력도 느낄 수 없는 그 사람의 내면에 흐르고 있는 따뜻한 강을 들여다볼 수 있었습니다.

아름답지 않은 외관 안에 살고 있는 아름다움을 만날 때, 그 감동은 배가되는 것 같습니다. 나이 들어간다는 것은 쓸쓸한 것이지만 또한 쓸쓸해서 아름답게 느껴지기도 합니다. 삶에 지치고, 꿈은 빛이 바래고, 욕망은 좌절된 초라한 중년 남자가 텃밭을 가꾸는 모습 속에서 넉넉한 사랑을 느꼈습니다.

위대한
양파 냄새

대구교대 앞 허름한 이발소. 이발소에 들어선 순간, 나이 지긋한 이발사는 자장면 곱빼기 식사를 막 시작한 참이었습니다. 마침내 식사가 끝나고 이발이 시작되었습니다. 이발사가 숨을 내쉴 때마다 양파 냄새가 코를 찔렀습니다. 머리빗과 이발기에는 머리카락이 덕지덕지 묻어 있고, 전체적으로 무척 더럽고 찝찝한 분위기였습니다.

제가 이발과 염색을 마치고 이발소를 나설 때까지 다른 손님은 없었습니다. 저는 혼자서 계산해보았습니다.

'이발비 6,000원, 염색까지 하면 1만 5,000원, 하루에 5명이면 한 달에 대략 150만 원, 거기서 집세 50만 원과 자장면 곱빼기 60그릇 값 24만 원을 빼면 76만 원, 신문 구독료 3만 원과 각종 재료비 7만 원을 빼면 66만 원. 음, 한 달 수입이 70만 원 정도 되겠군….'

저는 입에서 심한 양파 냄새를 풍기면서 성실하게 머리를 깎아주는 월 70만 원 소득의 늙은 이발사의 일생을 마음속으로 그려보았습니다. 아마도 이 분은 평생 한 번도 해외여행을 해본 적이 없을 것이고, 어쩌면 국내 휴가여행도 떠나본 적이 없을지도 모릅니다. 평생 한 번도 고급 호텔에 묵은 적이 없을 것이고, 값비싼 외식을 해본 적도 없을 것입니다. 그래도 예전에는 손님들이 꽤 있어서, 늘 빠듯하지만 알뜰한 아내와 함께 아이들을 키우고 지금쯤은 학교도 모두 졸업시켰을 것입니다.

저는 갑자기 나이 지긋한 양파 냄새의 이발사가 위대해 보이기 시작했습니다. 그리고 그의 삶이 아름답고 빛나 보였습니다.

용서의 힘

처용은 친구들과 밤늦게까지 술을 마시다가 귀가했는데, 아내가 외
간남자와 간통하는 현장을 목격했습니다. 그 순간 처용은 화가 머리
끝까지 치솟아 올랐습니다. 그는 대문을 박차고 거리로 뛰쳐나갔습
니다. 하늘이 무너져내리는 것 같았습니다. 그런데 불현듯 이런 생각
이 머릿속에 떠올랐습니다.

'내 머릿속에 아내 아닌 아리따운 여인이 들어온 적이 없었던가?'

생각해보니 하루에도 몇 번씩, 수많은 여자가 자신의 마음을 들
락거린 것을 알 수 있었습니다. 또 이런 의문이 떠올랐습니다.

'다른 여자를 생각한 나는 아내를 사랑하지 않았던가?'

그는 이 세상 누구보다도 아내를 깊이 사랑하고 있었습니다. 그
래서 그는 생각했습니다.

'음, 아내도 나와 마찬가지로 나를 깊이 사랑하고 있겠구나!'

'상대가 나보다 더 젊고 성적인 매력이 있어 아내는 일순간 그에게 끌렸겠지만, 아내의 마음 깊은 곳에는 분명 나에 대한 깊은 사랑이 살고 있어.'

그는 그녀를 비난하거나 단죄하지 않았습니다. 그녀에게 관용을 베풀었을 뿐만 아니라 그녀에 대한 믿음을 버리지 않았습니다. 외도 현장을 목격한 처용이 도저히 믿을 수 없었던 아내의 정절을 굳게 믿게 되었을 때, 그 믿음의 결과는 찬란한 것이었습니다.

아내를 용서하면서 처용은 마음의 평화를 되찾았습니다. 아내의 불륜을 숨겨주고, 예전보다 더 깊이 아내를 사랑해주었습니다. 물론 아내의 불륜은 이것이 마지막이었습니다. 아내는 자신의 잘못을 진심으로 반성하고 처용을 깊이 존경하게 되었으며, 이후로 무엇에도 흔들리지 않는 처용에 대한 사랑을 키워가게 되었습니다. 처용의 아내는 이 세상 모든 아내 중에서 누구보다도 마음 깊은 곳에서부터 남편에 대한 정절을 지키는 아름다운 여인으로 거듭났습니다.

그래서 처용과 아내는 세상 어느 부부보다 더 깊이 사랑하며 행복한 부부생활을 이어나갔습니다. 서로 존경하고 사랑하는 부모 밑에서 아이들도 건강하고 행복하게 자랐습니다. 바람을 피운 남자도 처용에 대한 깊은 감사와 존경심을 갖게 되었습니다. 만일 처용이 세상 여느 남편들과 똑같이 반응했다면, 어떻게 되었을까요?

처용과 아내는 이 세상에서 가장 불행한 사람이 되고, 부부생활은 파탄이 났을 것입니다. 자녀들도 부모의 불화로 인해 심한 고통을 받게 되었겠죠. 두 사람은 평생 지옥에서 살았을 것이며, 또한 이 세상을 지옥 같은 곳으로 만들어가는 삶을 살았을 것입니다.

용서의 힘은 이렇게 위대합니다. '참 나'가 활동하면 할수록, 우리는 점점 더 많은 것을 용서할 수 있게 됩니다.

유비와 장비

저는 중학교 3학년 시절에 《삼국지》 중독에 걸려, 입시준비는 하지 않고 그 책을 읽고 또 읽었습니다. 스스로의 힘으로는 도저히 책읽기를 멈출 수가 없어서, 《삼국지》를 화장실에 던져버렸습니다. 물론 그 후에도 여러 번 읽었습니다.

《삼국지》를 읽을 때마다 깊은 감동을 느끼는 구절이 있습니다. 유비가 큰 잘못을 저지른 장비를 관대하게 용서하는 장면입니다. 유비는 전쟁터로 떠나면서 서주성과 가족들을 장비에게 맡깁니다. 그러나 장비는 금주의 맹세를 깨고 고질병인 술에 만취해 여포에게 성을 빼앗기고 맙니다. 가족도 탈출시키지 못한 채 부끄러운 마음으로 무릎을 꿇은 장비에게 유비는 부드러운 목소리로 말합니다.

"장비야, 옛사람이 이르기를 형제는 손발과 같고 처자는 의복과 같다고 했다. 의복이 해어지면 이를 기워 다시 입을 수 있지만, 손발이 끊어진다면 어찌 이를 다시 잇겠느냐? 우리 삼형제는 각자가 다 부족한 사람이다. 그 부족한 점을 서로 보충함으로써 비로소 올바른 손발이 되고 한 몸의 형제가 되지 않겠는가? 그대도 신은 아니고 현덕도 범부에 지나지 않는다. 범부인 내가 어찌 그대에게 신과 같은 완전함을 기대한단 말인가? 여포 때문에 성을 빼앗긴 일은 어쩔 수 없는 일이다. 여포인들 힘없는 어머니와 처자까지 죽이는 잔학한 짓은 하지 않을 것이다. 자, 그만 울고 앞으로도 현덕과 함께 장래 일을 도모하는 데 힘이 되어주게."

장비는 유비의 말에 눈물을 흘리며 감격합니다.

이후 장비는 어떻게 되었을까요?

장비는 다시는 술로 인한 실수를 저지르지 않았으며, 유비를 더욱 깊이 존경했고, 두 사람 사이에는 무엇으로도 갈라놓을 수 없는 깊은 유대가 생겼습니다.

모두 갓끈을
끊어라

유향劉向이 지은《설원說苑》에는 '절영지연絕纓之宴'의 고사가 실려 있습니다. 춘추시대 초나라 장왕이 투월초의 난을 평정한 뒤 공을 세운 신하들을 위로하기 위해 성대하게 연회를 베풀고, 총희寵姬로 하여금 옆에서 시중들도록 했습니다. 밤이 깊도록 주연을 즐기고 있는데, 갑자기 광풍이 불어 촛불이 모두 꺼져버렸습니다.

그런데 갑자기 어둠 속에서 총희가 비명을 지르는 소리가 들렸습니다. 총희는 장왕에게 누군가 자신의 몸을 건드리는 자가 있어 그자의 갓끈을 잡아 뜯었으니 불을 켜면 그자가 누군지 가려낼 수 있을 것이라고 고했습니다.

장왕은 촛불을 켜지 못하도록 제지했습니다. 그리고 오히려 신하들에게 이렇게 말했습니다.

"오늘은 흥겨운 날이니, 지금 즉시 갓끈을 끊어버리지 않는 자는 이 자리를 즐기지 않는 것으로 알겠다."

이에 신하들이 모두 어둠 속에서 갓끈을 끊어버렸고, 여흥을 다한 뒤 연회를 마쳤습니다.

3년 뒤, 초나라가 진나라와 전쟁을 했는데, 한 장수가 선봉에 나서 죽기를 무릅쓰고 분투한 덕분에 승리했습니다. 장왕이 그 장수를 불러 특별히 잘 대우해준 것도 아닌데 어찌 그토록 목숨을 아끼지 않았느냐고 물었습니다. 그러자 그 장수는 3년 전의 연회 때 술에 취하여 죽을죄를 지었으나 왕이 관대하게 용서해준 은혜를 갚은 것이라고 말했습니다.

옛날 임금이 쓰던 면류관에는 얼굴 앞에 구슬이 주렁주렁 달려 있습니다. 그 이유는 임금이 너무 세세하게 보는 것을 경계하기 위해서라고 합니다. 요즘 사람들은 확대경을 들이대며 상대방의 작은 단점까지 찾아내고 때로는 이를 부풀려 말하는 데 너무 열중하는 것 같습니다. 너그러운 마음으로 상대방의 작은 결점이나 실수를 용납해준다면, 세상은 훨씬 아름다운 곳이 될 것입니다.

하찮은 이를
섬기기

예수님 곁에는 세속의 눈으로 보면 하찮아 보이는 사람들이 많았던 것 같습니다. 문둥병 환자, 가난한 사람들, 창녀, 앉은뱅이, 소경, 무지렁이, 여성과 아이들 등…. 예수님은 권세가나 부자를 향해서는 당당하고 때로 모진 말을 퍼부으셨지만, 이 보잘것없어 보이는 사람들에게는 한없이 부드러우셨고, 이들을 한결같이 귀하게 여기셨습니다.

예수께서 이렇게 말씀하셨습니다.

"당신들께서 여기 내 형제 중에 지극히 작은 자에게 한 것이 곧 내게 한 것입니다."

사회적으로 보잘것없는 사람들이야말로 절실하게 섬김을 받아야 하는 사람들이고, 그런 사람들을 온 마음을 다해 섬기는 것이야말로 이 세상을 아름다운 곳으로 만들어가는 행동입니다.

그렇다면 우리는 어떻게 그렇게 하찮아 보이는 사람들을 섬길 수 있을까요? 그것은 우리가 '거짓 나의 덫'에 걸리지 않음으로써 가능합니다. '하찮음'과 '대단함'의 잣대는 오직 '거짓 나'의 차원에서만 성립하는 것입니다. '참 나'의 차원에서 보면, 이 세상에 '하찮은 존재'는 없습니다. 돌멩이나 먼지조차도 찬란한 빛을 품고 있는 위대한 존재입니다.

하물며 인간은 어떻겠습니까? 그래서 우리는 '내가 대단하다.'는 오만에 사로잡혀 있는 부자나 권력자, 미인에게는 그들의 대단함을 인정하지 않게 됩니다. 우리는 이렇게 말합니다.

"당신은 정말 대단한 분이지만 당신이 대단하다고 생각하는 의미에서 대단한 것은 아닙니다."

자신이 대단하다는 오만에 사로잡혀 있는 사람들에게는 그들의 오만을 깨뜨려주는 것이 그들을 사랑함입니다. 반면 자신이 별 볼 일 없는 사람이라는 생각에 사로잡힌 사람에게는 이렇게 말합니다.

"당신은 결코 하찮은 분이 아닙니다. 당신은 이 세상 누구보다도 아름답고 특별한 사람입니다."

우리가 하찮은 이들을 섬길 수 있게 될 때, 사람들은 자신의 위대함과 아름다움에 눈뜨게 되며, 이 세상은 점점 더 아름다운 곳으로 변모해갑니다.

메꽃의 겸손

현대인에겐 '겸손한 척'은 있지만 진정한 겸손은 없습니다. 선거철이 되면, 입후보자들은 시장 상인들을 만나 허리를 굽히고 환한 웃음을 지으며 인사합니다. 그러나 우리는 아무도 그들이 진정으로 겸손한 사람이라고 생각하지 않습니다. '거짓 나'가 주체가 되어 살아가는 현대인에게 '진정으로 자신을 낮추는 것'은 불가능하기 때문입니다. 그러나 자신의 참모습에 눈뜨게 되면, 우린 진정으로 겸손해지고 자신을 드러내고자 하는 욕구도 사라집니다.

봄에 어머니를 모시고 화원에 가서 화분을 사드렸습니다. 어머니께서는 가장 값이 싸고 보잘것없어 보이는 메꽃을 고르셨습니다. 저는 '어머니께서 왜 저리 볼품없는 꽃을 고르시나.' 하며 의아해했습니다. 그러나 큰 화분에 옮겨 심은 메꽃은 쑥쑥 자라 아름다운 꽃을 가득히 피웠습니다. 분홍색, 연보라색, 다홍색으로 빛깔도 곱습니다.

가만히 들여다보니, 어떤 꽃은 고개를 곧추세우고 하늘을 향해 피어 있고, 어떤 꽃은 고개를 숙이고 땅을 향해 피어 있습니다. 바라보는 곳은 다르지만 모두 예쁩니다. 저는 고개 숙인 꽃이 겸손한 노인을 닮았다고 생각했습니다. 젊었던 시절, 그 역시도 고개를 곧추세우고 하늘을 향해 자신을 쏘아 올렸겠지요. 이제는 노인이 되어 기운 없는 모습으로 고개를 떨어뜨린 채 서 있습니다. 하지만 늙은 꽃은 예전에는 절대 볼 수 없었던 많은 것들을 볼 수 있습니다.

바터의 배려

오래전 내몽골의 한 시골마을에 며칠간 머물 기회가 있었습니다. 석양으로 물든 광활한 대초원과 쏟아질 것 같이 밤하늘을 가득 메운 별들은 잊을 수 없는 아름다운 인상을 주었습니다.

하지만 가장 감동적이었던 것은 거기서 만났던 사람들이었습니다. 그들의 아름다운 눈과 순박한 마음씨, 마음을 활짝 열고 우리들에게 베풀어주었던 따뜻한 환대가 지금도 제 가슴에 살아있습니다.

저에게 말 타기를 가르쳐주었던 스친 바터는 말을 타고 가며 아름다운 몽골 민요를 끊임없이 불렀습니다. 초원으로 잔잔하게 퍼지는 그의 노래는 깊은 감동을 안겨주었습니다. 그리고 그는 제가 추울까 봐 자꾸만 자신이 입고 있던 홑겹 점퍼를 벗어 저에게 입혀주려고 했습니다.

베푸는 삶

고故 이태석 신부님의 일대기를 그린 다큐멘터리 '울지 마, 톤즈'를 보면서 깊은 감동을 받았습니다. 신부님은 톤즈 아이들과 한센병 환자들에게 자신의 삶을 모두 바쳐 도움을 베풀었습니다. 아이들에게는 학교를 지어 가르쳤습니다. 그는 스스로에게 질문을 던졌습니다.

'힘겨운 삶을 살아가는 이 아이들에게 미래를 열어주려면 학교가 더 필요할까? 교회가 더 필요할까?'

그는 비록 신부님이었지만 먼저 학교를 짓고 아이들에게 공부를 가르쳤습니다. 전란을 겪는 와중에 아이들의 메말라버린 마음을 풀어주기 위해, 그는 어렵게 악기를 구해 브라스밴드를 조직하고 스스로 공부해서 연주를 가르쳤습니다.

또한 이태석 신부님은 한참 떨어진 곳에 있는 한센병 환자 마을에 매주 찾아가 그들에게 소중한 친구가 되어주었습니다. 그 마을 사람들도 그를 반기고 귀한 사람으로 여겼지만, 그에게도 마을 사람 한 사람 한 사람이 가장 귀한 사람이었습니다. 그는 그들에게 약을 나누어주고 한 사람씩 발모양을 그려 신발을 만들어주었습니다. 평생 처음 외부인의 따뜻한 시선을 받아본 마을 사람들은 자신의 존엄함을 자각하기 시작했고, 절망의 터널을 빠져나와 삶의 기쁨에 접촉할 수 있었습니다.

이렇듯 존재변화를 이룬 사람은 《노자》에 나오는 물과 같이 이 세상 모든 존재에 도움을 베푸는 삶을 살아갑니다. 빛과 소금과 같은 그의 존재로 인해, 이 세상은 점점 더 아름다운 곳으로 바뀌어갑니다.

칼자루를 쥐고
살기

자기 삶의 주인이 된 사람은 이렇게 삽니다.

다른 사람이 그를 욕하면, 그는 욕을 먹습니다.

다른 사람이 그를 하찮게 대하면, 그는 하찮은 사람이 됩니다.

다른 사람이 그를 업신여기면, 그는 업신여김을 받습니다.

다른 사람이 그를 미워하면, 그는 미움을 받습니다.

다른 사람이 그를 싫어하면, 그는 싫은 사람이 됩니다.

다른 사람이 그를 칭찬하면, 그는 칭찬을 받고,

그 칭찬이 비난으로 바뀌면, 비난도 받습니다.

다른 사람이 그를 사랑하면, 그는 사랑을 받고,

그 사랑이 미움으로 바뀌면, 미움도 받습니다.

그는 욕을 먹고, 하찮은 사람이 되고, 업신여김을 받고, 미움을 받으며, 싫은 사람이 되고, 칭찬을 받으며, 사랑을 받을 뿐입니다. 그는 어떤 상황에서도 다른 사람들의 칭찬과 비난의 노예가 되지 않습니다.

그는 욕을 먹고 하찮은 사람이 된 그가 자신이 아님을 알고 있기에, 또 욕을 하고 하찮게 여기는 그가 그 자신이 아님을 알고 있기에, 그는 더 이상 인간 드라마에 연루되지 않으며, 그냥 욕을 먹고 하찮은 사람이 된 자신을 물끄러미 바라봅니다. 그는 다른 사람들의 비위를 맞추지 않으며, 자기 삶의 주인이 되어 삶의 칼자루를 쥐고 살아갑니다.

하늘의 축복

하늘은

때론 눈으로,

때론 비로,

때론 찬란한 햇빛으로,

때론 시원한 바람으로,

때론 일진광풍으로,

때론 천둥과 번개로,

우리들에게 축복을 내립니다.

존재변화를 이룬 사람은 이렇게 말하지 않습니다.

'지금은 구름 말고 햇빛을 주세요.'

'지금은 눈 말고 비를 주세요.'

그는 그냥 하늘이 주는 축복을 받아들입니다.

하늘은

때론 가난으로,

때론 불운으로,

때론 질병으로,

때론 실연으로,

때론 좌절로,

때론 패배로,

때론 늙음으로,

그리고 마지막엔 죽음으로,

우리들에게 축복을 내립니다.

그는 이렇게 말하지 않습니다.

'지금은 가난 말고 커다란 부를 주세요.'

'지금은 불운 말고 커다란 행운을 주세요.'

그는 그냥 하늘이 주는 축복을 받아들이며, 그래서 더 높은 존재의 자리로 올라갑니다.

저 사람만 없어지면

예전에 저는 생각했습니다.

'저 사람만 없어지면 내 인생에 숨통이 트이겠어.'

그러나 그 사람이 없어지고 나면 제 숨통을 더 틀어막는 사람이 나타납니다. 그래서 저는 알게 되었습니다.

'자유란 나를 얽매고 있는 모든 것이 사라지고 나서 오는 것이 아니로구나! 자유는 나를 얽매고 있는 모든 것이 그대로 있는 가운데, 그것을 바라보는 시각의 변화에서 오는 것이로구나! 내 인생의 숨통이 확 트이는 것은 싫기만 했던 그 사람이 가여워지는 순간이로구나!'

이런 생각의 변화가 생기면서, 저는 조금씩 제가 '싫어하는 사람으로부터의 자유'를 누릴 수 있게 되었습니다. 제가 싫어하는 사람은 여전히 제가 싫어하는 행동을 했지만, 그 행동이 저에게 주는 영향은 점점 흐릿해져갔고, 그 사람이 점점 가엾게 느껴졌습니다.

하품

어느 날, 마음공부에 관한 아주 감명 깊은 강의를 들었습니다. 강의
가 끝나고 저는 그 강의를 해주신 선생님께 침을 튀겨가며 강의에 대
해 극찬을 하던 중이었습니다. 바로 그때 그 선생님이 입을 크게 벌
리며 하품을 하셨습니다. 그 순간 저는 깨달았습니다.

'아! 칭찬으로부터 자유로워진다면, 인생은 얼마나 가벼운 것이
될까! 비난으로부터 자유로워질 수 있다면, 인생은 얼마나 편안한 것
이 될까!'

존재변화를 이룬 사람에게는 칭찬이 아무런 가치를 갖지 못합니
다. 칭찬이란 '외부로부터 주어지는 자신에 대한 인정 또는 긍정'입
니다. 존재변화를 이룬 사람은 자기 자신을 절대적으로 인정하고 긍
정하기 때문에, 다른 사람들로부터 인정받고자 하는 욕구가 전혀 없
습니다. 그래서 그는 결코 칭찬을 추구하지 않으며, 칭찬에 얽매이지

않습니다.

　비난도 마찬가지입니다. 비난이란 '외부로부터 주어지는 자신에 대한 불인정 또는 부정'입니다. 나에 대한 모든 비난은 '나의 거짓 나'에 대한 비난입니다. 그런데 존재변화를 이룬 사람은 자신이 '거짓 나'라고 생각하지 않습니다. 비난의 대상은 언제나 '거짓 나'이며, '참 나'는 결코 비난받을 수 없습니다. 그러므로 그는 누군가가 자신을 비난하면, '나의 거짓 나는 비난받을 만하다'고 인정합니다. 그는 비난을 모면하려는 어떤 노력도 기울이지 않습니다. 그래서 그는 칭찬과 비난으로부터 자유롭습니다.

갑옷

어머니에 대한 깊은 사랑을 느끼고부터, 마음이 평화롭고 행복합니다. 어제는 평소에 무척 싫어하는 분을 만났는데, 제 몸에 얇은 갑옷 하나가 생긴 것 같았습니다.

예의 없고 수업태도가 나쁜 학생을 만나도, '쟤들 저렇게 행동하고 싶어서 그러겠나? 쟤야말로 처벌이 아니라 사랑이 절실히 필요한 애야.' 하는 생각이 듭니다.

같이 있으면 힘들었던 사람들과 같이 있는 것이 조금 편안해지자, 이런 생각이 들었습니다.

'아! 이게 자유로구나!'

불가사의한 평화

존재변화를 이룬 사람의 마음은 바다 밑바닥과 같습니다. 태풍이 불어와 바다 표면이 크게 출렁일 때도 그의 마음은 고요합니다. 그래서 자신을 속박하고 있었던 욕망에 대한 집착으로부터 자유로워집니다. 대붕이 소요逍遙하듯, 그는 인생을 자유롭게 소요합니다.

미풍도 없는 가운데 바다 표면이 완벽하게 잔잔할 것을 추구하는 것, 이것이 '거짓 나'가 추구하는 평화입니다. 그것은 불가능하며, 잠시 그런 상태가 유지되더라도 '거짓 나'의 평화는 곧 깨어지게 마련입니다. 그래서 '거짓 나'는 늘 불안하며 평화롭지 않습니다. 반면 '참나'가 누리는 평화는 수천 길 아래 바다 밑바닥의 고요함과 같은 것입니다.

존재변화를 이룬 사람이 누리는 평화는 불가사의한 것입니다. 사형집행을 기다리는 사형수들 중에는 평화를 발견한 사람이 많다고 합니다. 죽음을 앞둔 중환자들 중에서도 평화를 얻은 사람들이 있습니다. 파산 후에 평화를 얻은 사업가도 있습니다. 어떻게 이럴 수 있는 것일까요?

죽음을 앞두고 무상을 자각했기 때문일 것입니다. 자신이 직면한 존재의 파산이 '거짓 나의 파산'이며, '참 나의 파산'이 아님을 자각했기 때문이며, '참 나'는 결코 파산할 수 없는 것임을 자각했기 때문일 것입니다.

이런 자각은 무엇에도 흔들리지 않는 평화를 선물해주며, 존재변화를 이룬 사람이 누리는 평화가 바로 이와 같은 것입니다. 어떤 좌절이나 실패, 늙음이나 질병과 죽음, 어떤 파국적인 상황도 그의 평화를 흔들어놓을 수 없습니다.

운수대통

저는 별나고, 이기적이며, 자기중심적이고, 제 주장만 옳다고 우기며, 돈을 밝히고, 거기다 대머리이고 배까지 뽈뚝 나온 사람입니다. 뜯어보면 하나하나 참 초라한 모습들입니다. 그래서 많은 사람들이 저를 싫어하고 불편해합니다.

그러나 사랑하는 아내, 아들 성완이와 며느리 보람이, 사랑하는 누나들과 아우, 장모님과 장인어른, 사랑하는 조카들, 공부모임의 친구들 중에는 이런 저를 내치지 않고 사랑해주는 사람들이 많이 있습니다. 이거야말로 운수대통한 경우가 아닌가 합니다.

하지만 아내도, 보람이도, 성완이도, 공부모임 사람들도, 그리고 저 자신도, 무상한 것임을 자각하려 노력해봅니다. 제가 행복이 되지 않고, 행복을 맞아들이는 자가 되리라 다짐해봅니다. 저의 행복이 하늘 위에 피었다가 사라지는 구름과 같은 것임을 자각합니다.

그래서 지금 이 행복을 꽉 움켜쥐려 하지 않고, 그냥 제게 머무는 동안 깊이 그것을 누리다가 때가 되면 보내주리라 다짐해봅니다. 제가 삶에서 기울였던 노력의 양에 비해, 저의 편협함과 부족함에 비해, 터무니없는 은총과 같이 주어진 이 행복에 깊은 감사의 기도를 올립니다.

올라간 만큼
내려오기

공자는 "군자에게는 근심이 없다."고 말씀하셨습니다.

왜 근심이 없을까요? 근심이란 온전히 '거짓 나의 몫'이기 때문입니다. '파도로서의 나(거짓 나)'는 나의 파도를 더 크고 높게 만들고자, 크고 높아진 자신의 파도를 유지하고자 전전긍긍합니다.

하지만 파도의 운명은 정확하게 올라간 높이만큼 내려와야만 하는 것입니다. 그래서 '거짓 나'로 살면 모든 것이 근심입니다. 직장에서 쫓겨나면 어떡하나? 대학시험에 떨어지면 어떡하나? 애인이 변심하면 어떡하나? 이번 겨울에 너무 추우면 어떡하나? 군대 간 아들이 기합을 받으면 어떡하나? 독감에 걸리면 어떡하나? 등등.

하지만 어떤 일이 일어나도 '바다로서의 나(참 나)'에게는 근심이 없습니다. 바다로서의 나는 더 이상 커질 수도 작아질 수도 없고, 올라갈 수도 내려올 수도 없기 때문입니다.

아름다운 추락

공자는 "군자에게는 두려움이 없다."고 말씀하셨습니다.

군자에게는 왜 두려움이 없을까요? 왜냐하면 두려움은 온전히 소인(거짓 나)의 몫이기 때문입니다.

소인의 마음은 두려움으로 가득합니다. 아래에 있을 때는 올라가지 못할까 두려워하고, 위에 있을 때는 추락을 두려워하니, 근심이 그의 마음을 떠날 날이 없습니다. 현대의 학교에서는 아이들에게 올라가는 방법만 가르쳐줍니다. 자기가 원하는 것을 차지하는 방법만을 가르쳐줍니다. 그런데 중천에 뜬 해가 기울 수밖에 없듯이, 인생의 절반 이상은 내리막길입니다. 그런데 아름답게 내려오는 방법을 모르니까 추하고 고통스럽게 내려옵니다.

군자(참 나)는 이와 반대입니다. 아래에 있을 때도 도道를 즐기고, 위에 있을 때도 도를 즐기니, 그의 마음은 늘 화평하고 즐거움이 가득합니다. 군자는 어떻게 이럴 수 있을까요? 소인이 파도라면 군자는 바다요, 소인이 구름이라면 군자는 하늘입니다. 군자에게는 올라감이 삶의 목표가 아니며, 더 이상 올라갈 곳이 없습니다. 그래서 그는 아래에 있을 때도 '올라가지 못하면 어쩌나' 하는 근심이 없고, 위에 있을 때도 '떨어지면 어쩌나' 하는 근심이 없으며, 위에서 아래로 떨어질 때도 아름답게 추락할 수 있습니다.

올라간 것은 반드시 내려옵니다. 용케 그것을 잘 유지하고 확장했다고 하더라도 죽음이 다가오면 우린 그 모든 것을 내어주어야만 합니다. 추락하느냐 추락하지 않느냐는 우리의 선택이 아닙니다. 추하고 고통스럽게 추락하느냐 아름답고 평화롭게 추락하느냐 하는 것만이 우리가 선택할 수 있는 것이죠.

소인은 추하고 고통스럽게 추락합니다. 노년기가 길어지면서 추락의 시간도 그 고통의 크기도 더 길어지고 더 커지고 있습니다. 군자는 아름답고 평화롭게 추락합니다.

황혼녘 태양의 장엄한 추락이나 온 산을 붉게 물들인 가을 잎의 아름다운 추락은 군자의 추락이 어떤 것인가를 보여줍니다.

인간에 대한 규정을 하나 보태어볼까요?

인간이란 아름답게 그리고 장엄하게 추락할 수 있는 존재입니다.

마음속 소음이
멈추면

존재변화를 일으킨 사람은 늘 깨어 있습니다. 아내의 존재에, 지구라는 행성이 보여주는 온갖 아름다움에, 자신의 발걸음과 호흡에, 친구의 현재 마음상태에, 아프리카에서 굶어 죽어가는 아이들에, 그는 늘 깨어 있습니다.

가만히 앉아 귀를 기울여봅니다. 공기청정기가 돌아가는 소리, 창밖의 새소리, 시계소리, 아이들의 웃음소리, 자동차 소리…, 여러 가지 소리가 들려옵니다. 모든 소리에서 부처님의 음성을 듣습니다.

마음속 소음이 멎자, 그때까지 들리지 않았던 소리가 들리고 그때까지 보이지 않았던 아름다움이 보입니다. 아내가 부엌에서 아침식사를 준비합니다. 그릇이 달그락거리고 냉장고 문이 여닫히는 소리가 평화롭습니다.

조르바의 춤

카잔차키스의 《희랍인 조르바》의 마지막 장면은 조르바의 춤입니다. 온 재산을 쏟아 건설한 목재 운반용 케이블카의 시험운전에서 케이블카를 지지하는 기둥이 차례로 무너져내립니다.

'거짓 나'에게는 모든 것이 무너져내리는 아득한 순간입니다. 그러나 조르바는 일어나 덩실덩실 춤을 춥니다. 원효의 무애무無㝵舞와 똑같은 춤입니다. 조르바는 이렇게 말하며 춤을 춥니다.

"주인님이 온 재산을 모아 건설한 케이블카가 무너져내리니, 아! 참 좋다!"

조르바는 무너져내리는 케이블카를 보며 망연자실해 하는 자신에게 웃음을 짓습니다. 조르바는 자각합니다. 자신은 '무너져내리는 케이블카를 보며 망연자실해하는 나'를 훨씬 넘어서 있는 존재라는 것을…. 그러면서 덩실덩실 춤을 춥니다.

조르바와 달리 이지적인 성향을 가졌던 주인은 처음엔 물끄러미 조르바의 춤을 구경하다가, 마침내 조르바와 함께 덩실덩실 춤을 춥니다. 제가 본 가장 아름다운 추락의 춤을!

Part 3

파도가 아니라
바다로 산다

아름답고 행복하게 나이 드는 연습이란,
이제까지 내 안에 깊이 잠들어 있던 '눈부시게 아름다운 내'가
깨어나 활동할 수 있도록 노력을 기울이는 것입니다.
이때, '거짓 나'로서의 자신의 삶에 고통을 주는 여러 가지 요인들은
'참 나'를 깨어나게 연습할 수 있는 좋은 계기를 제공해줍니다.
'거짓 나'의 꿈에서 깨어나는 작업은 '거짓 나'를 자각하는 일입니다.
'거짓 나'에 대한 자각이 이루어지고 나면,
자신과 상대방의 추한 에고, 주어진 나쁜 상황,
힘든 인간관계 속에서도 아름답고 행복하게 나이 들 수 있습니다.

나는 누구이고,
누가 아닌가?

많은 욕망이 제 안에서 일어나지만, 저는 욕망이 아닙니다.

욕망은 저라는 여인숙을 찾아온 손님일 뿐, 제가 아닙니다.

인기를 추구하는 나, 외모를 추구하는 나, 쾌락을 추구하는 나, 권력을 추구하는 나, 이익을 추구하는 나는 모두 저를 찾아온 손님입니다.

저는 이 모든 손님들을 반갑게 맞아들이는 여인숙입니다.

많은 생각이 제 안에서 일어나지만, 저는 생각이 아닙니다.

생각이란, 바다 위에 생겨난 파도일 뿐, 제가 아닙니다.

추잡한 생각, 야비한 생각, 사악한 생각, 잔인한 생각, 교활한 생각, 음흉한 생각 등 많은 생각들이 제 안에서 일어났다 사라지지만, 저는 생각이 아닙니다.

저는 이 모든 생각들이 제 안에서 일어났다 사라짐을 허용하는 바다입니다.

많은 감정이 제 안에서 일어나지만, 저는 감정이 아닙니다.

감정이란 저라는 하늘에 잠시 생겼다 사라지는 구름일 뿐, 제가 아닙니다.

화, 불안, 우울, 짜증, 공포, 희망, 슬픔, 기쁨, 초조, 무료 등 많은 감정들이 제 안에서 일어났다 사라지지만, 저는 감정이 아닙니다.

저는 이 모든 감정들이 찾아오면 맞아들이고 떠나가면 보내주는 하늘입니다.

인간은 욕망을 훨씬 넘어선 위대한 존재입니다.

수전노였던 스크루지와 사랑할 수 있게 된 스크루지는 누가 더 인간다운가요?

인간은 생각을 훨씬 넘어선 아름다운 존재입니다.

로댕의 '생각하는 사람'과 신라시대의 '미륵반가사유상'은 누가 더 인간다운가요?

인간은 감정을 훨씬 넘어선 빛나는 존재입니다.

화가 나서 얼굴을 붉히는 나와 너그럽게 용서하는 나는 누가 더 인간다운가요?

자각이란 욕망, 생각, 감정과 같은 '거짓 나'가 '참 나'가 아님을 아는 것입니다.

그것은 존재의 깊은 잠에서 깨어나는 것과 같은 것이죠.

우린 문득 깨닫습니다.

'어? 내가 어쩌다 이렇게 이상한 삶을 살게 되었지?'

그레고르 잠자는 어느 날 아침 문득 벌레로 변해 있는 자신을 발견합니다. 사실은 벌레로 변한 것이 아니라 벌레처럼 진정한 자신과는 너무 무관한 삶을 살아가고 있는 자신을 발견한 것이죠.

자각을 연습하면 '참 나'와 그때까지 나라고 생각했던 '거짓 나' 사이에 공간space이 생겨납니다. 우리는 자유와 평화, 사랑과 행복에 도달할 수 있는 실질적인 발판을 얻게 되는 것이죠.

기름덩어리
두 조각

연못 표면은 미풍만 불어와도, 나뭇가지 하나만 떨어져도 흔들립니다. 제 마음도 이와 같습니다. 하루에도 여러 차례 제 마음의 바다에 갖가지 감정들이 일어났다 사라집니다. 예전엔 이것들이 저인 줄 알았습니다. 그래서 저는 감정의 종으로 살았습니다. 지금은 이들이 저를 찾아온 손님임을 압니다. 그래서 이들이 오면 반겨 맞고, 가면 그냥 보내줍니다.

그중에서도 유난히 자주 저를 찾아오는 손님인 '화'에 대해 이야기해볼까 합니다. '화'는 '거짓 나'이고, '참 나'를 깨어나 활동하게 하는 연습의 훌륭한 대상입니다. 우리는 흔히 '화'가 나면, 화의 노예가 되어 화에 사로잡히거나, 화를 억제하면서 화를 없애려고 합니다. 두 가지 모두 우리에게 고통을 줍니다. 하지만 화를 돌보면 편안해집니다.

며칠 전, 아내가 쇠고기를 손질하다가 기름덩어리를 잘라내어 쓰레기통에 버렸습니다. 그런데 잠시 후 어머니가 쓰레기통을 뒤져 기름덩어리 두 조각을 찾아내 싱크대 수도꼭지 위에 올려놓으셨습니다. 수도꼭지 위에 있는 기름덩어리 두 쪽을 보고 아내는 화가 많이 났습니다. 저도 화가 났습니다. '어머니는 도대체 왜 저러실까?' 하루 종일 화가 삭지 않았습니다.

이럴 때 어떻게 해야 할까요? 아니, 어떻게 하지 말아야 할까요? 가장 먼저 '하지 말아야' 할 일은 화를 밖으로 표출하기입니다. 화를 밖으로 꺼내면 안 됩니다. 그렇다고 해서 화를 억압하거나 없애라는 이야기는 아닙니다. 일단은 그저 화를 밖으로 표출하는 것만 중지하면 됩니다. 화를 표출하면 상황은 100% 악화되니까요. 다시 한 번 말하지만, 표출하지 말라는 것이 화를 없애거나 속으로 삭이라는 뜻은 아닙니다. 화를 억압하면 울화병이 생깁니다.

그렇다면 화가 났을 때, 이제 어떻게 해야 할까요? '내 마음의 바다 위에 화라는 파도가 일어났음을 자각'해야 합니다. 이 경우 화에 대한 자각이란 이런 것입니다. '아! 어머니가 수도꼭지 위에 기름덩어리 두 쪽을 올려놓은 것을 보고 내 마음에 화가 일어났구나!' 하고 내 마음에 일어난 화를 깨닫는 것입니다. 이것이 화가 났을 때 취할 1단계 조치입니다.

2단계는 '나를 화나게 하는 어머니'로부터 '어머니에 대해 화가 난 나'에게로 시선을 돌리는 것입니다. '어머니는 왜 저러실까?'라고 생각하며 화를 낼 때, 제 시선은 어머니를 향해 있습니다. 그러한 제 시선을 화가 난 저 자신에게로 돌리는 것이 두 번째로 할 일입니다. 어머니가 그런 행동을 하신 것은 어머니의 몫이고, 그런 어머니의 행동에 화를 낸 것은 저의 몫이기 때문입니다. 제가 돌보아야 할 것은 어머니의 행동이 아니라, 어머니의 행동으로 인해 제 마음속에 일어난 화입니다. 그러므로 저는 일단 제가 돌볼 수 있는 저 자신, '화가 난 나'에게로 시선을 돌려야 합니다.

우리는 흔히 우리를 화나게 한 상대방을 돌봐주려고 합니다. 이것은 상황을 악화시킵니다. 상대방에서 나에게로의 시선을 돌리는 것은 아주 중요한 조치입니다. 시선을 나에게로 돌려보았습니다.

저는 화가 나서 얼굴이 벌개졌습니다. 호흡도 얕고 가빠졌습니다. 피가 머리로 많이 몰려든 것 같습니다. 머릿속의 생각은 계속 '기름 덩어리 두 쪽'으로 돌아옵니다. 어머니와 식탁에 마주앉아 즐거운 아침식사를 할 수 없는 저를 봅니다. 그런 마음으로는 당연히 소화도 잘되지 않습니다.

3단계는 일어난 현실에 대한 저항을 멈추는 것입니다. 이미 어머니는 쓰레기통에서 기름덩어리 두 쪽을 찾아내어 싱크대 수도꼭지 위에 올려놓으셨습니다. '어머니는 왜 버려진 기름덩어리 두 쪽을 싱크대 수도꼭지 위에 올려놓으셨단 말인가!' 하며 아무리 한탄해도, 이미 거기 올라가 있는 기름덩어리 두 쪽은 사라지지 않습니다. 일어난 상황에 대한 저항은 저를 화나게 하고, 불행하게 만들 수는 있지만, 이미 일어난 현실을 바꾸어 놓을 수는 없습니다.

'기름덩어리 두 쪽을 왜 올려놓으셨을까?'로부터, '기름덩어리 두 쪽이 올라가 있구나.'로 생각을 바꾸는 것, 이것이 3단계입니다. '왜 올려놓으셨을까?'라고 생각할 때, 저는 상황에 대해 화를 내는 것밖에는 할 수 없습니다. 그러나 '저 위에 올라가 있구나.'로 생각을 바꾸면, 올라와 있지 않아야 할 기름덩어리 두 쪽이 수도꼭지 위에 올라와 있으므로, 그냥 기름덩어리 두 쪽을 치워버리면 끝납니다. 기름덩어리 두 쪽이 싱크대 수도꼭지 위에 놓여 있다고 해서 아파트가 내려앉는 것도 아니고, 무슨 대수겠습니까? 이렇게 상황에 대한 저항을 멈추면 '일어난 상황이 별 일 아님'에 대한 자각이 생겨납니다.

4단계는 화를 돌봐주기입니다. 3단계에서 이미 일어난 상황을 받아들이고 상황에 대한 저항을 멈추는 순간, 화는 활활 타는 힘을 잃어버리게 됩니다. 그런 뒤에 4단계에서는 아직 에너지가 남아 있는 화를 돌봐주면 됩니다. '화를 돌봐주기' 작업은 아래와 같이 다섯 가지로 이루어집니다.

첫 번째는 화를 반갑게 맞이하는 것입니다. 화가 났을 때, 우리 입에서 터져 나와야 할 탄성은 '어서 와! 반가워!'입니다. '어서 와! 화야. 오늘도 어김없이 찾아주니 반갑고 고마워.'라고 말하며, 진귀한 손님이 찾아온 것처럼 화를 반갑게 맞아들여야 합니다.

그렇다면 왜 우리를 고통스럽게 하는 화를 반갑게 맞이해야 할까요? 그 이유는 다음과 같습니다. 화는 우리의 '거짓 나'를 불태워버릴 에너지이기 때문입니다. 또한 화는 '거짓 나'에게는 불청객이지만 '참 나'에게는 모든 일어난 감정이 진귀한 손님이기 때문입니다. '거짓 나'를 균열시키고 그래서 고통을 주는 모든 것은 동시에 '참 나'를 깨어나게 하는 계기가 됩니다. 화는 그중 하나인데, 화를 '참 나'를

깨어나도록 창조적으로 활용하는 연습, 이것이 바로 '화를 통한 수행'
의 요점입니다. 그러므로 우리는 마음의 바다에 '화'라는 격랑이 일
어났을 때, 즉각 이렇게 말합니다.

'어서 와! 화야!'

두 번째는 화가 난 나를 용서하기입니다. 화를 내고 싶어서 화를
내는 사람은 없습니다. 왜냐하면 화가 나면 고통스럽기 때문입니다.
저도 마찬가지입니다. 저는 화를 내고 싶어서 화를 낸 것이 아니라
어쩔 수 없이 화가 난 것입니다. 속수무책으로 화를 내는 나를 무능
력하다고 말할 수는 있습니다. 그러나 어쩔 수 없이 화가 난 나를 비
난하거나 공격해서는 안 됩니다. 저는 화가 난 나를 용서해주어야만
합니다.

세 번째는 화가 내 안에 머물 수 있도록 허용하는 것입니다. 화라
는 손님이 나의 호텔을 찾아왔습니다. 어떻게 해야 할까요? 호텔 주
인인 나는 나를 찾아온 어떤 손님도 반갑게 맞이합니다. 화도 마찬
가지입니다. 저는 화에게 좋은 방을 내어주고, 맛난 식사를 대접합
니다. 그리고 이렇게 말합니다.

'화님, 부디 오래도록 편안히 제 호텔에 묵으십시오!'

만일 화를 쫓아버리려고 한다면, 화는 더 집요하게 우리 안에 똬리를 틉니다. 그러나 진귀한 손님으로 화를 맞아들이고 대접하면, 화는 이렇게 말합니다.

'보잘 것 없는 저를 이렇게 반갑게 맞아주시니 어쩔 바를 모르겠습니다. 태어나서 이런 융숭한 대접은 처음입니다. 감사합니다. 잘 대접받고 떠납니다.'

네 번째는 화에게 윙크하기입니다. 거울에 비친 제 모습을 봅니다. 화가 나서 얼굴이 시뻘겋고 보기 흉하게 변했습니다. 마음은 고통스럽습니다. 그런 앙증스런 저를 보면서 따뜻하게 윙크를 보냅니다.

다섯 번째는 화난 나를 품어주기입니다. 화난 나는 사랑스럽지 않습니다. 아무도 '화난 나'를 좋아하지 않습니다. '화난 나'는 구박덩어리입니다. 불쌍합니다. 저는 '사랑스럽지 않은 화난 나'를 따뜻하게 감싸 안아줍니다.

5단계는 나를 화나게 한 상대방을 돌봐주는 것입니다. 4단계까지의 과정을 통해 저는 제 안에 일어난 화로부터 자유로워졌습니다. 화는 여전히 제 안에 있지만, 저를 찾아온 손님으로 대접받고 환대받을 뿐, 더 이상 저를 지배하지 못합니다. '화가 난 나를 돌보기'가 충분히 이루어지고 나면, 다음 단계는 나에게 화가 나게 한 상대방을 돌보는 작업을 해야 합니다.

저는 어머니를 깊이 들여다봅니다. 피난길에서 어머니는 아버지와 헤어져, 어린 아이들 셋만을 업고 안고 걸리며 아버지가 계신 곳을 찾아 남쪽으로 남쪽으로 힘겹게 발길을 옮기셨습니다. 아이들과 먹을 것이 없어 굶기를 밥 먹듯 했습니다. 우리 집 승합차가 굴러 떨어져 수십 명의 인명 피해가 났을 때는 빚쟁이들이 집으로 몰려왔고, 어머니는 노이로제에 걸려 벌벌 떠셨습니다. 어머니에게는 여덟 명이나 되는 아이들 먹을거리 구하는 일이 아득하게만 여겨졌습니다. 이런 어려운 일을 겪으며 팔남매를 키운 어머니에게는 내핍이 생활화되셨습니다. 그것이 비록 기름덩어리라고 하더라도 아까운 쇠고기를 쓰레기통에 버리는 것이 어머니로서는 용납할 수 없었습니다.

저는 이제 어머니가 왜 기름덩어리 두 조각을 싱크대 수도꼭지 위에 얹어놓으셨는가를 이해합니다. 더 이상 어머니에 대해 화가 나지 않습니다. 갑작스럽게 변해버린 이 사회가 어머니에게는 얼마나 적응하기 어려운 곳일까요? 어머니가 젊었던 시절, 옳았던 많은 일들이 이젠 틀린 것으로 바뀌어버렸습니다. 외롭고 힘겨운 삶을 살아가시는 어머니에게 깊은 연민의 마음이 들었습니다. 가엾으신 우리 어머니!

이렇게 5단계의 '화 돌보기'의 결과로 내 존재의 변화가 일어납니다. 내 안의 화를 돌봐주는 과정에서, '화가 난 나'로부터 '화가 난 나를 돌보아주는 나'로 주체의 전환이 일어납니다. '화가 난 나'는 '거짓 나'이며, '화가 난 나를 돌보아주는 나'는 '참 나'입니다. 나를 화나게 한 상대방을 돌봐주는 과정에서, 나는 '상대방을 싫어하는 나'로부터 '상대방을 이해하고, 용서하며, 사랑하는 나'로 주체의 전환이 일어납니다. '상대방을 싫어하는 나'는 '거짓 나'이며, '상대방을 이해하고, 용서하며, 사랑하는 나'는 '참 나'입니다. '거짓 나'로부터 '참 나'로의 주체의 변화, 이것이 모든 수행의 목표입니다.

감정을 돌보는 5단계

다시 한 번 정리하자면, 다음과 같은 5단계를 따르면 화를 통해 '참 나'를 깨어나게 할 수 있습니다.

1단계 : 화가 일어났음을 자각하기
2단계 : '화나게 한 너'로부터 '너에게 화가 난 나'에게로 시선을 돌리기
3단계 : 일어난 현실에 대한 저항을 멈추기
4단계 : '화가 난 나'를 돌봐주기
      1) 화를 반갑게 맞이하기
      2) 화난 나를 용서하기
      3) 화가 내 안에 머물 수 있도록 허용하기
      4) 화에게 윙크하기
      5) 화난 나를 품어주기
5단계 : 나를 화나게 한 너를 돌봐주기

이 5단계를 차근차근 밟아나가면 나의 주체는 '화가 난 나(거짓 나)'로부터 '화가 난 나를 돌보아주는 나(참 나)'로 바뀌게 됩니다. 초조, 불안, 우울, 무료, 슬픔 등 다른 감정들도 이 5단계를 밟아나가면 잘 돌볼 수 있습니다.

나의 여관을
찾아온 손님

하늘에 구름이 피어나듯, 제 마음에는 짜증이 일어납니다. 짜증은 저를 고통스럽게 하며, 또한 저의 짜증을 받아주는 상대방에게도 고통을 줍니다. 모든 감정 돌보기는 화를 돌보기와 그 방법이 같습니다. 짜증을 돌보기도 마찬가지입니다. 복습 삼아 짜증을 돌보기를 설명해보겠습니다.

얼마 전 아내가 저에게 짜증을 냈습니다. 짜증 나는 친구와 통화를 한 것이 직접적인 원인이었던 것 같습니다. 아내는 제 곁에서 컴퓨터 자판을 신경질적으로 쳤고, 제 말을 왜곡하면서 짜증 섞인 말투로 응답했습니다. 아내의 짜증에 제 마음에도 짜증이 일어났습니다.

'저 사람은 친구한테 짜증이 났으면 났지, 왜 나한테 신경질을 부리는 거야!'

저는 아내에게 몇 곱절 더 큰 짜증을 돌려주려고 했습니다. 가뭄

끝에 단비를 만나 만물이 소생하듯, 제 짜증의 밭이 아내가 던진 불씨로 활활 타올랐습니다.

화를 돌보는 것과 마찬가지로 짜증을 돌보는 1단계는 표출을 중지하는 것입니다. 그렇다고 해서 짜증을 억압하거나 없애려고 해서는 안 됩니다. 그저 짜증을 표출하지도 않고 억압하지도 않으면서, 내 안에서 짜증이 일어났음을 자각하는 것, 이것이 1단계입니다.

2단계는 '나를 짜증 나게 하는 아내'로부터 '아내에게 짜증이 난 나'에게로 시선을 돌리는 것입니다. '아내는 다른 데서 짜증이 났는데 왜 나에게 짜증을 내는 것일까?'라고 생각하며 신경질을 낼 때, 제 시선은 아내를 향해 있습니다. 하지만 그 시선을 '짜증이 난 나 자신'에게로 돌려봅니다. 아내가 짜증을 내는 것은 아내 몫이고, 아내의 짜증에 맞받아서 짜증을 내는 것은 제 몫입니다. 제가 돌봐야 할 것은 아내의 짜증이 아니라, 제 마음속에 일어난 아내에 대한 제 짜증입니다. 그러므로 저는 '나에게 짜증을 내는 아내'로부터 '아내에게 짜증이 나는 나'에게로 시선을 돌립니다.

3단계는 일어난 현실에 대한 저항을 멈추는 것입니다. 아내는 이미 저에게 짜증을 낸 상태입니다. '아내는 왜 나에게 짜증을 낸 것일까?' 하며 아무리 한탄해도 이미 아내가 저에게 부린 짜증을 다시 주워 담을 수는 없습니다. 저항은 저를 더 고통스럽게 만들 뿐, 이미 일어난 현실을 바꿀 수 없습니다. 그래서 '아내는 왜 나에게 짜증을 부리는 것일까?'로부터, '아내가 나에게 짜증을 부리는구나.'로 생각을 바꾸는 것, 이것이 3단계에서 해야 할 일입니다. '아내는 왜 나에게 짜증을 낼까?'라고 생각했을 때, 저는 아내의 부당한(!) 짜증에 대해 맞받아 몇 배 더 큰 짜증을 내는 것 외에는 아무것도 할 수 없습니다. 그러나 '아내가 나에게 짜증을 부리는구나.'로 생각이 바뀌게 되면 변화가 일어납니다.

아내가 나에게 짜증을 부리는 것, 이것이 무엇일까요? 별것 아닙니다. 아내가 짜증 한 번 낸다고 해서 제 인생에 금이 가거나 그런 것도 아니죠. 그러니까 아내가 저에게 짜증을 부리므로 그냥 아내의 짜증을 받아주면 상황이 끝납니다. 바다가 자신에게 내리는 비를 짜증 내지 않고 그냥 받아주듯이 말입니다.

4단계는 내 마음속에 일어난 짜증을 돌봐주기입니다. 2단계에서 짜증이 난 나에게로 시선을 돌렸는데, 그것이 바로 짜증에 대한 자각입니다. 그러한 자각이 이루어지는 순간, 짜증에 몰입된 상태로부터 벗어날 수 있습니다. 3단계에서는 일어난 상황을 받아들이고 상황에 대한 저항을 멈추었습니다. 그 순간 짜증은 힘을 잃어버리게 됩니다. 그런 연후에 아래와 같이 '짜증 돌봐주기' 작업을 하면 됩니다.

첫 번째, 짜증을 반갑게 맞이하기. 아내의 짜증으로 인해 짜증이 났을 때, 저는 가만히 문을 닫고 거실로 나와 앉아, 제 마음의 바다에 일어난 짜증이라는 파도를 보았습니다. 그리고 말했습니다. '어서 와, 짜증아! 오랜만이야. 날 찾아줘서 고마워.' 이렇게 진귀한 손님이 찾아온 것처럼 저(참 나)는 짜증을 반갑게 맞아들였습니다. 순간, '제 안의 짜증'이 급당황하는 것을 느꼈습니다. '아이고! 나를 환대하네! 어찌할 바를 모르겠구먼.'

두 번째, 짜증 난 나를 용서하기. 저는 짜증을 내고 싶어서 낸 것이 아니라 어쩔 수 없이 짜증이 난 것입니다. 그러므로 저는 '짜증 난 나'를 비난하거나 공격해서는 안 됩니다. 어쩔 수 없이 소화불량에 걸린 위장을 비난하거나 공격해서는 안 되는 것과 똑같은 이치죠. 저는 '짜증 난 나'를 용서해주어야만 합니다.

세 번째, 짜증이 내 안에 머물 수 있도록 허용하기. 짜증이라는 손님이 나의 여관을 찾아왔습니다. 어떻게 해야 할까요? 여관 주인인 나는 나를 찾아온 어떤 손님도 반갑게 맞이합니다. 짜증도 마찬가지입니다. 나는 짜증에게 좋은 방을 내어주고, 맛난 식사를 대접합니다. 그리고 이렇게 말합니다. '짜증님, 부디 오래도록 편안히 제 여관에 묵으십시오!'

네 번째, 짜증에게 미소 짓기. 거울을 보면, '짜증 내는 나'는 얼굴이 일그러져 보기 흉합니다. 마음은 고통스럽습니다. 그런 앙증스런 저를 보면서 따뜻하게 미소지어줍니다.

다섯 번째, 짜증 내는 나를 사랑하기. 짜증 내는 나는 사랑스럽지 않습니다. 모든 사람이 짜증 내는 저를 싫어하고 멀리합니다. 모든 사람의 미움을 받으니, 짜증 내는 저는 참 불쌍합니다. 저는 사랑스럽지 않은 '짜증 난 나'를 따뜻하게 감싸 안아줍니다.

5단계는 나를 짜증 나게 만든 상대방을 돌보는 것입니다. 4단계까지의 과정을 통해, 저는 제 안에 일어난 짜증으로부터 자유로워졌습니다. 자신을 돌보기가 끝나면, 다음 단계는 저를 짜증 나게 한 상대방을 돌보는 작업을 해야 합니다. 저는 아내를 깊이 들여다봅니다.

아내 역시 저와 마찬가지로 어쩔 수 없이 짜증이 났으며, 짜증으로 인해 고통 받고 있음을 이젠 알 수 있습니다. 그래서 아내의 짜증을 받아주고, 더 이상 아내를 미워하지 않습니다. 짜증이 난 아내는 사랑스럽지 않습니다. 저는 사랑스럽지 않은 짜증 난 아내를 따뜻하게 감싸 안아줍니다.

위의 노력의 결과로 내 존재의 변화가 일어납니다. 제 안의 짜증을 돌봐주는 과정에서, 저는 '짜증 난 나(거짓 나)'로부터 '짜증 난 나를 돌보아주는 나(참 나)'로 주체의 전환이 일어납니다. 짜증 나게 한 상대방을 돌봐주는 과정에서, 저는 '상대방을 싫어하는 나(거짓 나)'로부터 '상대방을 이해하고, 용서하며, 사랑하는 나(참 나)'로 주체의 전환이 일어납니다. 이렇게 저는 아내의 짜증과 제 안의 짜증을 통해 성장하며, 아내 역시 변화합니다.

초조해도 괜찮아

제 존재의 바다에 초조함이란 비가 뿌립니다. 오늘은 한국연구재단에 제출한 공동연구의 선정발표가 있는 날입니다. 며칠 전부터 제 마음은 온통 거기에 가 있습니다. 운전을 하면서도, 연구실에 도착해서 문을 열 때도, 컴퓨터를 켤 때도, 화초에 물을 줄 때도, 제 마음은 다른 데 있었습니다. 어젯밤엔 잠도 설쳤습니다. 몇 분 간격으로 키보드를 누르며 그때마다 아직 발표되지 않았음을 확인합니다. 저녁 무렵이 되어 선정발표가 5일 정도 연기된다는 공고가 떴습니다. 억장이 무너집니다. 어떡해야 할까요?

이런 경우 가장 잘못된 대응은 초조함에 사로잡히거나 초조함을 없애려고 하는 것입니다. 과거에는 제 마음의 바다에 초조함이라는 파도가 일어나면, 초조함은 저의 주인이 되고 저는 초조함의 지배를 받았습니다. 초조함이 제 마음을 지배하면 고통스럽기에, 저는 초조함을 없애려 애를 썼습니다. 하지만 초조함을 누르려하면 할수록, 초조함은 더 강한 에너지를 갖고 자신의 존재를 주장했습니다.

그렇다면 어떻게 해야 될까요? 초조함과 친구가 되면 됩니다. 요즘은 초조함이 찾아오면 초조함이 찾아왔음을 자각합니다.

'음, 내 마음의 바다에 초조함이란 파도가 일어났구나.'

그리고 저를 찾아온 귀한 손님인 초조함을 반깁니다. 저는 내심 이렇게 말합니다. '어서 와! 초조.'

저는 제가 어쩔 수 없이 초조해졌음을 압니다. 그래서 '초조해진 저'를 비난하지 않습니다. 저는 초조함이 제 안에 편안하게 머물 수 있도록 허용합니다. 그리고 초조해하는 저에게 따뜻한 미소를 보냅니다. 이렇게 해서 저와 초조함 사이에는 간격이 생겨납니다. 초조함은 거기 그대로 있지만, 저는 이제 '초조함'이 아니라 '초조해하는 나를 바라보며 웃음 짓는 사람'입니다. 저는 초조한 가운데서 초조함으로부터 해방됩니다. 저는 '초조해하는 나'로부터 '초조해하는 나를 깊이 이해하고, 용서하며, 사랑하는 나'로 조금씩 바뀌어갑니다. 그래서 저는 말합니다.

'초조하니까, 아! 참 좋다!'

무섭고
두려울 때

어려서부터 겁이 많았던 저는 어른이 된 요즘도 무서운 꿈을 자주 꿉니다. 꿈에 알통이 무지 큰 사람들이 나와 저를 위협할 때도 있습니다. 꿈에서도 무서움을 느끼는 나는 참 볼품없고 초라합니다.

어느 날, 꿈에 우락부락하게 생긴 청년이 나왔습니다. 그 청년은 한사코 자신의 물건을 팔려고 했습니다. 제가 물건을 끝내 사지 않았더니, 그 청년이 시비를 걸었습니다. 우리 일행이 여러 명이라 한 대 때려줄까 했는데, 언덕 아래서 두 명의 덩치가 올라왔습니다. 두려운 마음이 들었습니다. 그래서 그 놈이 심하게 욕을 해대며 시비를 거는데도 비굴하게 슬슬 물러섰습니다. 내려오면서 '한 대라도 맞으면 나만 손해지.' 하는 생각이 들었습니다.

예전엔 무서운 감정이 생겨나면, 그 감정이 저를 지배했습니다. 무서운 감정은 고통스러운 것이기에, 무서움에서 빨리 벗어나려고 애를 썼습니다. 그리고 무서움은 부끄러운 것이기에, 다른 사람들 앞에서는 무섭지 않은 척했습니다. 심지어 아내와 연애시절 '나는 무서움을 모르는 사람'임을 입증하기 위해서 2층 난간에서 땅으로 뛰어내리는 모습을 보여주기도 했습니다.

하지만 이렇게 무서움을 극복하려 하거나 무서움에 사로잡히면 무서움은 점점 더 나를 지배하게 됩니다.

무서울 때의 올바른 대응은 무엇일까요? 무서움을 귀한 손님으로 맞이하고 돌봐주면 끝입니다. 이젠 무서움이 저의 오랜 친구이며 저를 찾아온 귀한 손님임을 압니다. 무서움이 찾아오면, 저는 무서움이란 손님을 반겨 맞아들입니다. 이렇게도 느껴봅니다.

'내 마음에 무서움이 생겨나는 것은 참으로 신비로운 일이로구나!'

저 자신이 무서움에 떠는 것을 허용하고, 무서움 속에 머물면서, 무서움을 섬세하게 경험해줍니다. 무서움에 떠는 저에게 따뜻하게 미소 지어주고, 그런 초라한 저를 꼭 품어줍니다. 어느새 저는 '무서움에 떠는 나'로부터 '무서움에 떠는 나를 돌봐주는 나'로 바뀌어 있습니다. 여전히 무섭지만 무서움은 예전만큼 저를 사로잡지는 못합니다. 숨 쉴 구멍이 생겨난 것입니다. 그래서 말합니다.

'무서우니까, 아! 참 좋다!'

왕따 당하면
어쩌나?

저는 고교 시절에 왕따를 당한 적이 있습니다. 그 후로 '배제'에 대한 두려움이 생겼습니다. 여러 명이 모이는 곳에서는 언제나 '따돌림을 당하면 어떡하나?' 하고 두려워합니다.

어느 날, 꿈을 꾸었습니다. 오페라 공연이 있었는데, 저는 공연단의 일원이었고, 맡은 역할은 엑스트라였습니다. 공연 마지막 순간, 모든 단원들은 둘씩 짝을 맞추어 '뽕' 하고 입 맞추는 소리를 내며 공연이 끝나게 되어 있었습니다. 저의 우려대로 다른 사람들은 모두 둘씩 짝을 지었는데, 저만 혼자 짝이 없었습니다. 맞은편에 있던 뚱보 단원이 저를 배려해 저에게도 '뽕' 하고 입 맞추는 소리를 내어주었습니다. 하지만 저는 흥이 나지 않아 '뽕' 소리를 낼 수 없었습니다.

공연이 끝나고 단원들은 모두 회식장소로 향했지만, 저는 홀로 즐겨 찾는 자장면 집으로 갔습니다. 이제 단원 활동을 접어야겠다고 속으로 다짐했습니다.

따돌림에 대한 잘못된 대응은 무엇일까요? 배제에 대한 두려움에 사로잡히거나 벗어나려 애쓰는 것입니다. 예전엔 배제에 대한 두려움이란 파도가 제 마음의 바다에 일어나면, 그것이 저를 집어삼켰고, 저는 고통스러웠습니다. 그래서 거기서 벗어나려 애썼고, 그럴수록 배제에 대한 두려움은 저를 더 강하게 지배했습니다.

벗어나려고 애쓸 것이 아니라 배제에 대한 두려움 속에 머물며 두려움에 떠는 나를 돌봐주어야 합니다. 요즘도 한 번씩 배제에 대한 두려움을 느낍니다. 그럴 때면 이렇게 말합니다.

'나의 오랜 친구 배제에 대한 두려움아, 어서 와! 오랜만이야.'

그리고 또 말합니다.

'배제에 대한 두려움을 느끼다니, 아! 참 좋다!'

이렇게 말하면서, 저는 배제에 대한 두려움을 귀한 손님으로 맞이합니다. 그리고 그 두려움이 제 안에 편안히 머물 수 있도록 허용해주고 섬세하게 경험해줍니다. 두려움에 떨고 있는 나에게 따뜻하게 미소 지어주고, 꼭 품어줍니다. 어느새, 저는 '두려움에 떨고 있는 나'로부터 '두려움에 떨고 있는 나를 돌봐주는 나'로 바뀌어 있습니다.

울적함이 나를
집어삼킬 때

갑자기 일상의 모든 것이 의미와 빛을 잃어버립니다. 울적한 마음이 저를 삼킵니다. 이럴 때는 어떻게 해야 할까요?

울적한 기분에 사로잡히면 무척 고통스럽기 때문에, 필사적으로 울적함에서 벗어나려고 애쓰기 쉽습니다. 하지만 그럴수록 울적함은 늪이 되어 우리를 삼켜버립니다. 울적함이 엄습할 때, 우리는 '울적해하는 나'를 자각해야 합니다. 울적함이 나를 엄습할 때, 우리는 이렇게 말합니다.

'울적하니까, 아! 참 좋다!!'

울적한데 무엇이 좋은 걸까요? 울적함이란 우리 행성에서 인간만이 피울 수 있는 광채 나는 꽃 중의 하나입니다. 산과 들에 온갖 꽃이 피어나듯이, 우리 마음에도 온갖 꽃이 피어납니다. 울적함의 꽃, 분노의 꽃, 절망의 꽃, 기쁨의 꽃, 슬픔의 꽃, 환희의 꽃, 짜증의 꽃

등⋯. '거짓 나'로서의 삶을 살아갈 때, 어떤 마음의 꽃도 우리를 지배하고 우리에게 고통을 줍니다.

그런데 '자각'하는 순간, 이 모든 것들은 우리 마음의 화원에 피어난 다채로운 꽃으로 바뀌며, 그것은 즐거운 구경거리가 됩니다. 그래서 우리 마음에 울적함의 꽃이 피어나면, 우리는 이렇게 탄성을 지릅니다.

'울적함이라는 꽃이 피어나니, 아! 참 보기가 좋구나!'

탄성을 내뱉는 순간, 우리는 더 이상 울적함의 노예가 아닙니다. 여전히 울적하지만, 울적함이 주는 무게는 예전 같지 않습니다. 울적함이 오면, 울적함과 사이좋게 친구가 되고 울적한 나를 구경합니다. 우리는 울적한 가운데, 울적함의 노예상태로부터 영원히 해방됩니다.

기뻐하는 나를
비웃기

수년 전, 제 책《동양사상과 탈현대적 삶》이 대한민국학술원 우수학
술도서로 선정되었다는 소식을 출판사 직원이 전해주었습니다. 이
소식을 듣고, '희열'이 저를 지배하며 주인 노릇을 했습니다. 저는 즉
시 가까운 사람들에게 이 소식을 알린 것은 물론이고, 학술원 홈페
이지에 들어가 제 이름을 확인했습니다. 그리고 돈을 얼마나 챙길 수
있을까를 확인하는 작업으로 부산했습니다. 학술원에서 1,500만 원
어치의 책을 구매해주는 것을 확인했고, 재빨리 계산을 해보니, 저에
게 들어오는 인세가 50만 원 정도였습니다. 우리 학교 출판부에서
전체메일로 제 책 선정에 대한 내용을 보내주기를 하루 종일 기다렸
습니다. 동료 교수들이 그 메일을 보고 '아! 홍 교수는 대단해!'라고
감탄할 순간을 기다린 것이었습니다.

때로 우울과 슬픔이 찾아와 제 삶을 덮쳐버리듯이, 때로 저는 희열의 노예가 됩니다. 이렇게 작은 희열만 찾아와도, 저는 희열의 노예가 되어 길길이 날뜁니다. 그러니 큰 희열은 물론이고 작은 희열조차 제대로 누릴 수 없습니다. 만일 노벨상 위원회에서 전화로 제가 노벨상을 수상하게 되었다는 소식을 전한다면, 저는 아마 심장마비로 그 자리에서 죽어버릴지도 모릅니다.

이렇게 마음의 바다에 희열이란 파도가 일어났을 땐 어떻게 해야 할까요? 일단 희열이란 파도에 압도된 자신을 자각해야 합니다. 이때 희열이란 '거짓 나'가 느끼는 희열이며, 예컨대 승진, 합격, 승리, 횡재, 당선 등에서 느끼는 희열입니다. 희열의 노예가 되어 있는 나 자신을 자각할 때, '희열의 노예가 된 나'와 '자각하는 나' 사이에 간격이 생겨나게 됩니다. 이 간격은 나를 희열의 노예 상태에서 해방시킵니다. 영원과 무한의 빛에 비추어보면, '작은 나'가 느끼는 희열이란 별것 아닙니다.

'작은 나'가 희열에 사로잡혀 길길이 뛸 때, 우리는 어떻게 해야 할까요? 비웃어주어야 합니다. '희열의 노예가 된 나를 비웃어주는 것', 그래서 '부풀어 오른 거품을 빼내서 김이 세게 하는 것'이야말로, 희열에 사로잡힌 나에 대한 창조적인 대응입니다.

활짝 핀 나팔꽃

오늘 아침 멋진 선물을 받았습니다. 어느 집이 이사를 온다며 차를 이동해달라는 인터폰을 받고, 조금 귀찮은 마음으로 주차장으로 내려가는 길이었습니다.

1층 엘리베이터 문이 열리는 순간 놀라운 일이 벌어졌습니다. 귀엽게 생긴 다섯 살쯤 된 여자아이가 활짝 웃으며, "안녕하세요!"라며 인사하는 것이었습니다.

마음이 기쁘고 확 밝아짐을 느꼈습니다. 그 후로 한참 동안 기분이 참 좋았습니다. 그 아이는 그 순간 저에게 '활짝 핀 나팔꽃'과 같은 존재였습니다.

심심하니까
참 재밌네

어느 날, 아침에 눈을 뜨며 '사는 게 참 재미가 없구나.' 하는 생각이 들었습니다. 잠자리에서 일어나 '새롭게 선물 받은 하루에 대한 감사 기도'를 할 때도, 아무런 감동이 없었습니다. 오일 풀링을 하며 거실을 거닙니다. 발바닥에서 느껴지는 거실바닥의 느낌이 새롭지도 않고, 걷는 것의 신비로움도 느낄 수 없습니다. 화초들을 바라보면서도 아무런 느낌이나 감동이 없었습니다. 그저 '사는 게 참 밋밋하구나.' 하는 생각만 들었습니다.

갑자기 '모든 것이 무의미하다.'는 감정이 밀려올 때가 있습니다. 살다 보면, '사는 게 참 재미없다.'고 느껴질 때도 있고, 시간이 짐으로 느껴지는 심심한 순간도 있습니다. 특히 나이가 들어 한가로운 시간이 많아지면, 이런 느낌을 경험할 때가 많습니다. 이럴 때는 심심한 느낌을 돌봐주는 연습을 하면 됩니다. 심심함을 돌봐주는 연습의

핵심은 '심심함을 받아들이기'입니다.

잘못된 대응은 마찬가지로 심심함에서 벗어나려 하는 것입니다. 흔히 '심심해서 미칠 것 같다.'는 느낌에 사로잡히면, 심심함에서 벗어나려 몸부림을 칩니다. 그러나 심심함에서 벗어나려고 애쓸수록, 심심함은 집요하게 달려들어 우리를 고통스럽게 합니다. 그럴 때 창조적인 대응은 심심함을 받아들이는 것입니다. 심심함을 느낄 때, 이렇게 말해보세요.

'심심하니까, 아! 참 좋다!'

심심함을 느낄 때, 이렇게 생각해보세요.

'그래, 어디 한번 제대로 심심해보자. 심심함에서 벗어나려는 모든 노력을 멈추고, 그냥 심심함 속에 머무는 거야.'

심심함을 반가운 손님으로 맞아들이는 순간, 심심했던 하루가 광채를 띠기 시작할 것입니다.

화끈하게
어색해보기

저는 낯을 많이 가립니다. 낯선 사람들이 많은 곳에 가면 어김없이 마음이 불편하고 힘듭니다. 낯선 사람들과의 회합에 가기 전부터 고통이 시작됩니다. 낯선 사람들이 많은 곳에 가면, 누군가와 짝을 이루어 앉아 어색한 마음을 이기려고 노력했습니다. 그러나 마음은 여전히 힘들었습니다. 마음공부를 시작하면서 저는 달라지기 시작했습니다. 낯선 사람들과의 회합을 앞두고 고통스런 마음이 들면, 저는 이렇게 말합니다.

'그래, 오늘 한번 화끈하게 어색해보자!'

'어색하면 어색하자.'라고 마음먹고 난 후부터 상황의 변화가 생기기 시작했습니다. 낯선 사람들과의 회합에 참석하면 여전히 어색합니다. 하지만 어색함을 받아들여보니 어색함 자체가 예전만큼 힘들지 않습니다. 어색한 채로 모임에 참석하고, 어색한 채로 모임에 머뭅니다. 낯선 사람들과의 만남에서 어색한 마음이 엄습할 때, 저는 이렇게 말합니다.

'어색한 마음이 나를 사로잡으니, 아! 참 좋다!'

그러면 '어색해하는 나'와 '어색함을 자각하는 나' 사이에 공간이 생겨나고, 나는 어색함 속에서 어색함으로부터의 자유를 누릴 수 있습니다.

우월감과 열등감

제 마음 깊은 곳에는 열등감이 꿈틀거리고 있습니다. 서울대에 간 친구들에 대한 열등감, 부자들에 대한 열등감, 양반집안 사람들에 대한 열등감…. 이런 것들이 불쑥불쑥 솟아올라 제 삶에 고통을 주었습니다.

저에겐 부자 친구가 하나도 없습니다. 부자 친구를 만나면 자꾸만 그 친구네 집이 부자인 것이 의식되어서, 제 감정이나 행동이 부자연스러워질 때가 많기 때문입니다.

초등학교 6학년 때였습니다. 그땐 우표수집이 성행했었고, 우표교환도 많이 했습니다. 어느 날 고급주택가 2층 양옥집에 사는 친구와 우표를 교환하기로 했습니다. 먼저 우리 집에 들러 우표책을 가지고 그 친구의 집에 가기로 했는데, 그 친구에게 한옥인 저희 집 내부를 보여주는 게 부끄러웠습니다. 그래서 집에 들어오려는 친구를 한사코 말리고, 서둘러 집으로 들어가 얼른 우표책만 들고 뛰어나왔던 기억이 납니다.

마찬가지로 제게는 공부를 아주 잘하는 친구가 하나도 없습니다. 공부를 아주 잘하는 친구를 만나면 그 아이가 공부 잘하는 것이 자꾸만 의식되어서, 그 친구와의 진정한 만남이 이루어지지 않았습니다. 초등학교 졸업식 날이었습니다. 같은 동네에 살고 있는 친구가 수석 졸업을 하게 되어서, 단상에 나가 졸업장을 받게 되었습니다. 부끄럽고 난감한 느낌이 들었습니다. 그래서 거짓말을 했습니다. 졸업식 시간을 일부러 늦게 말씀드려, 어머니가 졸업식 행사를 볼 수 없도록 만들었습니다.

살면서 경험한 이런저런 일들을 돌이켜보면 제 무의식 깊은 곳에는 권력에 대한 두려움, 부자에 대한 열등감과 부러움이 있는 것 같습니다. 이런 '무의식의 나'에 대한 자각은 '무의식의 나'와 '실재의 나' 사이에 약간의 공간을 제공해주었습니다. 숨 쉴 구멍이 생겨난 것입니다. 저는 곰곰이 생각해보았습니다.

'우리 집도 나름대로는 경제적으로 유복한 편이었는데, 왜 나는 부자에 대한 심한 열등감을 갖게 된 것일까?'

제 수업을 듣는 여학생들 중에서, 제 눈에는 꽤 예쁜 여학생이 외모에 대해 심한 열등감을 갖고 있었습니다. 영역은 다르지만 본질은 같은 것이란 생각이 들었습니다. 어쩌면 많은 재산을 갖고 있는 사람들이 보통 사람들보다 부에 대한 열등감을 더 많이 갖고 있을지도 모르겠습니다. 가령 피겨스케이팅의 세계 2인자인 아사다 마오는 기량이 아주 뛰어나지만 1인자인 김연아에 대해 심한 열등감을 갖고 있을 가능성이 큽니다. 다시 말하자면, 성공과 승리의 사다리에서 도달한 높이로 자신을 평가한다면, 우리는 누구도 우월감이나 열등감으로부터 자유로울 수 없습니다.

그런데 요즘 사람들은 이것으로 자신을 평가합니다. 저 역시 그렇습니다. 우리 집이 나름대로 유복한 편이었는데도, 왜 부자에 대해 심한 열등감을 갖게 되었는가를 이제야 분명히 이해하게 되었습니다. 열등감은 내가 바다(참 나)가 아니라 파도(거짓 나)라고 인식하는 데서 필연적으로 생겨나는 감정입니다. 나를 파도라고 인식하면, 나의 파도의 크기와 높이에 따라 우월감이나 열등감을 가질 수밖에 없습니다. 우월감과 열등감은 양태는 반대이지만, 본질은 동일한 것입니다. 그리고 이것은 결과로 고통을 만들어냅니다.

우월감과 열등감의 귀결은 무례함입니다. '자신보다 열등한 존재를 함부로 대함', 이것이 무례함의 본질입니다. 부자는 가난한 자를 함부로 대하고, 미국은 중동을 함부로 대하며, 인간은 자연을 함부로 대합니다. 그래서 이 세상은 고통으로 가득 차 있습니다. 어떻게 이 세상의 고통을 종식시킬 수 있을까요?

그것은 '나를 바라보는 눈'을 바꿈으로써 가능합니다. 나는 파도가 아니라 바다임을 자각하면 됩니다. 자, 이제 저의 문제로 되돌아오도록 하겠습니다. 부자에게 열등감을 느끼는 저를 자각했습니다. 어떻게 해야 할까요? '내가 파도라는 망상'에서 벗어나야 합니다. 그러기 위해서는 파도로서의 내가 열등감을 느낄 때마다, '열등감을 느끼는 나'를 향해 미소 지어주고, '열등감을 느끼는 나'를 용서해주며, 따뜻하게 품어주면 됩니다.

욕망을
자각하는 사람

제 마음속에는 무수한 욕망이 꿈틀거립니다. 승부욕, 과시욕, 성욕, 재물욕, 권력욕···. 꿈속에서 만난 고혹적인 아름다움을 지닌 여인에 매료되는 제 모습에서, 경쟁에서 패했을 때 심장이 덜컥 내려앉는 제 모습에서, 작은 금전적인 손실에도 크게 마음이 상하는 제 모습에서 욕망에 지배된 저를 만납니다.

나이가 들어서도 욕망의 기세는 쉽게 꺾이지 않고, 일어난 욕망은 저를 집어삼킵니다. 욕망에 대한 자각 연습은 일어난 욕망에 사로잡히지도 않고, 일어난 욕망을 없애려고 하지도 않는 가운데, 일어난 욕망을 자각하는 것입니다. 자각하는 순간, 저는 더 이상 욕망의 주체가 아니라, 욕망을 자각하는 사람입니다. 그게 진짜 나입니다.

허세 부리는
나

제 마음에 자주 일어나는 과시욕을 사례로 욕망 자각하기 연습을 살펴보도록 하겠습니다. 어린 시절부터 지금까지 제 마음속에는 저를 더 크게 부풀리고자 하는 나(거짓 나)가 활동하고 있었습니다. 마음공부를 시작하고부터 저는 '허세를 부리는 나'를 자각할 수 있었습니다. '나는 교수야.' 하는 허세 때문에 처음 만나는 사람에게 제가 '교수'라는 사실을 얼른 밝히고자 안달하는 저를 종종 봅니다.

때론 자신이 대단한 미식가인양 허세를 부리기도 하고, 때론 냄새에 민감한 사람인양 허풍을 떨기도 합니다. 한 번은 미식가인 척하다가 엄청 부끄러웠던 경험도 있습니다. 미국 유학시절의 일인데, 우리 집에 부잣집 친구부부를 초대했습니다. 새우 요리를 식탁에 올리면서, 저는 부자 친구에게 자랑스럽게 권했습니다.

"이거 맛이 괜찮아요."

부자 친구는 새우를 먹고 맛있다고 말했습니다. 그런데 나중에 저는 그 새우가 모조품임을 알았습니다. 무척 쪼들렸던 우리는 진짜 새우를 먹을 수 있는 형편이 아니었습니다. 아마 부자 친구는 그 사실을 알았는데 제가 부끄러워할까 봐 내색하지 않은 듯했습니다. 저는 속으로 많이 부끄러웠습니다.

　'나는 교수야', '나는 미식가야', '내 아내는 영어를 잘해'(아내는 실제로 영어학 전공자이긴 합니다만), '나는 관찰력이 뛰어나' 등, '자신을 부풀리고자 하는 나'는 좌충우돌 솟구쳐 오릅니다. 자각하기 이전에 저는 '과시욕에 빠져 있는 나'였으나, 그것을 자각한 이후에 저는 '과시욕에 빠져 있는 나를 자각하는 나'로 바뀌었습니다. '과시욕'과 '나' 사이에 공간이 생겨난 것입니다.

욕망이라는
이름의 친구

저는 언제나 이런저런 욕망에 중독된 삶을 살아왔습니다. 욕망 중독의 대상은 다양합니다. 젊은 시절에는 여성에게 쉽게 빠졌고, 나이 들면서는 바둑, 고스톱, 블랙잭, 주식, 지뢰찾기 게임, TV 드라마, 무협지, 프로야구 등 많은 것에 빠졌습니다. 어떤 중독이든, 그것은 언제나 제 삶을 흐트러뜨리고 고통을 주었습니다. 고통이 심해지면, 그럴 때마다 '이젠 끊어야지.' 하고 결심하고 실제로 끊었습니다.

그러나 어느 날 또 다른 것에 중독된 저를 봅니다. 수없이 많은 결심을 했지만, 저는 중독의 굴레를 벗어날 수 없었습니다. 그러던 어느 날, 제 안에서 올라오는 '강박적인 욕망'이 참으로 신비롭다는 생각이 들었습니다.

'어떻게 내 마음속에서 욕망이 끝없이 솟아올라오는 것일까? 정말 신비롭구나!'

강박적인 욕망, 그것은 신비로운 생명 현상이었습니다. 그 순간 저는 깨달았습니다.

'강박적인 욕망은 물리쳐야 할 적이 아니다!'

또한 저는 알게 되었습니다. 강박적인 욕망을 없애려할수록, 억압된 욕망은 힘이 더 커지고 결국 저를 지배하게 된다는 사실을…. 이 때부터 저는 제 안에서 '강박적인 욕망'이 올라오면, 이것을 영화 구경하듯 구경하기 시작했습니다. '강박적인 욕망'에 함몰되어 욕망의 노예가 되는 것이 아니라, 마음의 바다에 일어나는 '강박적인 욕망'이라는 파도를 섬세하게 경험하기 시작했습니다. 그 이전까지 적이었던 '강박적인 욕망'은 친구로 변해갔습니다.

친구로 삼고 나니, 이 녀석이 꽤 귀엽게 느껴졌습니다. 어떤 욕망이 올라오면 저는 이렇게 말합니다.

'어서 와, 오랜 친구 욕망아! 잊지 않고 찾아줘서 고마워!'

예전엔 '욕망에 빠져드는 나', '욕망에 빠져들지 않으려고 애쓰는 나', 그리고 '욕망에 빠지고 나서 후회하는 나'만 존재했었습니다. 그런데, 이젠 '욕망에 빠져드는 나를 자각하는 나'와 '욕망에 빠져드는 나를 돌봐주는 나'가 활동합니다. '새로운 나'는 '욕망을 느끼는 나'에게 미소를 보내고, 따뜻하게 품어줍니다.

주식 시세를 알고 싶어 안달하는 욕망이 올라오면, '새로운 나'는 안달하는 저를 미소 지으며 바라봅니다. 안달을 이기지 못해 주식 시세를 보면, '새로운 나'는 주식 시세를 보는 저를 미소 지으며 바라봅니다. 저는 이제 '욕망에 못 이겨 충동적인 행동을 하는 저'를 예전처럼 비난하지 않습니다. 예전에는 욕망에 빠져드는 저 자신이 한심하고 저주스러웠는데, 이젠 귀엽고 앙증스럽게 느껴집니다. 그래서 저는 조금씩 '강박적인 욕망의 노예'에서 벗어나 '강박적인 욕망을 돌봐주는 사람'이 되어갔습니다.

강박적인 욕망의 한가운데에서 저는 조금씩 평화를 누리기 시작했습니다.

영화를 보듯
생각을 구경하기

데카르트는 이렇게 말했습니다.

'생각한다. 고로 나는 존재한다.'

틱낫한 스님은 이렇게 말했습니다.

'생각한다. 고로 나는 존재하지 않는다.'

생각은 내가 아니라 내가 돌봐주어야 할 대상입니다.

잠자리에 누우면, 온갖 생각들이 떠오릅니다. 예전에는 생각이 떠오르면, 생각은 저의 주인이 되고, 저는 생각에 끌려 다녔습니다. 지금은 끝없이 떠오르는 생각들을 영화 보듯 구경합니다.

왜 돈 생각이
끊이지 않을까?

제 마음속에는 '돈 생각'이 끊이지 않고 떠오릅니다. 누군가가 저의 겉모습만 본다면, 이렇게 생각할지도 모르겠습니다.

'저 사람은 돈에는 무관심한 학자로구나.'

하지만 웬걸요? 제 머릿속을 가득 채우고 있는 것은 '돈' 생각입니다. 머릿속은 늘 돈 생각으로 분주합니다.

'현재 통장에 마이너스가 얼마인데, 한 달 뒤면 얼마가 들어올 것이고, 얼마가 나가야 하고, 마이너스를 벗어나려면 이번 프로젝트에 꼭 선정되어야 하는데…. 업적평가를 잘 받아야 연봉을 얼마 더 받을 수 있는데….'

만일 학생들에게 제 머릿속을 들킨다면, 저는 손가락질을 받을지도 모릅니다. 그러나 학생들 앞에서는 물신화된 현대사회 비판에 열을 올립니다. 그러면서 돈을 밝히는 동료 교수들을 속물이라며 한심하게 여깁니다.

　예전엔 제가 돈 생각을 이렇게 많이 하는 줄 몰랐습니다. 그런데 시선을 안으로 돌리고 보니, 제 머리를 가득 채우고 있는 돈 생각을 자각할 수 있었습니다. 이런 자각은 제가 조금 겸손해지는 데 도움이 되었습니다.

　저는 오늘도 '돈 생각'을 합니다. 그러나 '돈 생각'과 더불어 '돈 생각을 하는 저'를 자각하며 미소 짓습니다. 이 자각과 미소가 돈 생각이라는 중력으로부터 탈출하는 방법임을 저는 압니다. 저는 여전히 돈 생각을 하지만, 돈 생각은 더 이상 제 주인이 아닙니다. 자각으로 인해 돈 생각과 저 사이에는 공간이 생겨났고, 미소는 공간을 더 크게 만듭니다.

치사하고
계산적인 사람

제 머릿속은 온갖 이해타산으로 분주합니다.

'연구년을 언제 받는 것이 유리할까? 이번 잡지에 논문을 게재하면 올해 연구업적이 몇 점이나 되지? 이번 학기 강의평가는 어떻게 나올까?'

때론 더욱 치사스런 이해타산이 불쑥불쑥 올라옵니다. 여러 명이 식당에 갔을 때, 어느 자리에 앉는 것이 유리할까를 계산하는 저를 봅니다. 집에서 밥을 먹을 때 식탁에 반찬그릇을 놓을 때조차 제가 좋아하는 반찬을 제 앞에 놓고 있는 저를 봅니다.

계산하고, 또 계산하고, 또 계산하다가, 문득 여러 가지 계산으로 머리가 복잡해진 저를 보며 웃습니다. 평소 저는 치사한 사람을 만나면 심하게 비난했습니다. 하지만 알고 보니 저 자신이야말로 말할 수 없이 치사한 사람이었습니다.

'머릿속에서 끊임없이 이해타산을 계산해대는 치사한 나'를 어떻게 할 것인가?

치사함에 대한 처리를 궁리했지만, 제가 내린 결론은 저는 치사함을 처리할 수 없다는 것이었습니다. 제가 할 수 있는 선택은 오직 치사함을 배척하느냐 아니면 따뜻하게 맞아들이느냐뿐임을 알았습니다. 저는 후자를 선택했습니다. 왜냐하면 전자를 선택하는 것은 활활 타는 불에 마른 장작을 던져 넣는 것과 다름없음을 알기 때문입니다. 저는 '이해타산을 계산하는 나'를 만날 때마다 이렇게 말했습니다.

'어서 와, 이해타산아! 반갑다!'

이렇게 말하고 나니 '머리를 굴리며 이해타산을 계산하는 내'가 귀엽게 느껴지기 시작했습니다.

'음, 나는 이해타산도 잘 따지네.'

저는 이해타산이라는 친구를 껴안아 주었습니다. 윙크도 해주었습니다. 이해타산을 친구로 받아들이고 잘 대해줄수록 이해타산은 시름시름 힘을 잃어버리고 행복하게 죽어갔습니다.

파도가 아니라
바다

마당에 잡초가 무성하듯 제 마음속엔 잡생각이 무성합니다. 설거지를 끝내고, 운전을 하며 출근하는 동안 온갖 종류의 잡생각들이 머리를 가득 채우고 있음에, 깜짝(!) 놀랐습니다. 밑도 끝도 없이, 두서도 없고 앞뒤도 없이, 끝없이 떠오르는 생각, 생각, 생각들….

예전에는 잡생각이 주인이 되어 저를 휘둘렀지만, 이제 저는 신기하다는 눈으로 온갖 잡생각을 구경합니다. 저는 잡생각이라는 파도가 아니라, 잡생각이라는 파도가 일어나는 무한한 바다임을 자각합니다.

지두 크리슈나무르티는 이렇게 말했습니다.
"저는 어떤 일이 일어나도 걱정하지 않습니다."
저의 지금 상태는 이렇게 표현할 수 있습니다.

'저는 어떤 일이 일어나도 깜짝 놀라고 근심에 빠집니다.'

어제 이런 소문을 들었습니다. 학교에서는 대규모 학과통폐합 계획을 갖고 있으며, 우리 학과가 더 큰 학과에 흡수 통합될지도 모른다는….

저는 가슴이 철렁 내려앉았습니다. '제가 속해 있는 학과가 없어질지 모른다는 미래에 대한 근심'이 저를 사로잡습니다. 이것은 비합리적인 힘이어서 제가 없애려고 해서 없앨 수 있는 것이 아님을 알겠습니다.

저는 이 근심을 돌봐주는 연습을 시작했습니다. '미래에 대한 근심'이 내가 아니라 내 마음의 바다에 일어난 한 조각 파도임을 자각했습니다. 그리고 저를 찾아온 진귀한 손님으로 '미래에 대한 근심'을 반갑게 맞아들였습니다. '미래에 대한 근심'이 제 안에 편히 머물 수 있도록 허용해 주었습니다. '미래에 대한 근심'으로 인해 '고통받고 있는 나(거짓 나)'를 가엾게 여겨주고 따뜻하게 품어주었습니다.

초라해도
그게 진짜 나라면

마음공부를 시작하기 전, 제 시선은 늘 상대방을 향하고 있었습니다. 마음공부를 하고 나서 저는 눈을 돌려 제 모습을 보게 되었습니다. 알고 보니 저란 사람은 참 볼품없는 사람이었습니다. 소심하고, 쩨쩨하고, 돈 밝히고, 허세 떨고, 오만하고, 비겁하고….

예전엔 제가 꽤 괜찮은 사람인 줄 알았습니다. 그런데 알면 알수록 저는 추한 사람이었습니다. 이런 저에 대한 발견이 제 마음을 낮아지게 했습니다. 그리고 상대방의 추함을 용서하는 데도 도움이 되었습니다.

저에 대한 앎이 깊어지면서, 저는 조금씩 냄새 나는 저를 인정하고, 이해하며, 따뜻하게 품어주게 되었습니다.

나는 왜 이기적인
사람이 되었나?

공부모임에서 제 별명은 '독식獨食 선생'입니다. 제 입에 맞는 음식을 발견하면 좌우 눈치 보지 않고 혼자서 먹어댄다고 해서 붙여진 별명입니다. 이 별명은 제가 평소에 얼마나 이기적으로 행동하는가를 단적으로 보여주는 사례입니다.

아침식사 때, 저는 어머니, 아내, 그리고 제 컵에 물을 따릅니다. 저는 제 전용 컵을 사용하며 언제나 무의식적으로 제 컵에 먼저 물을 따르려고 합니다. 어머니가 식탁을 닦은 행주로 수저를 닦으시는 것이 영 찝찝합니다. 식사를 시작하면, 저는 제 입에 맞는 반찬, 새로 만든 반찬을 제 앞으로 당겨놓고 집중적으로 먹어댑니다.

나이가 들어가면서 여러 집안일 중 설거지는 저의 일상이 되었습니다. 오늘 아침에도 어머니, 아내, 제가 먹은 그릇들을 설거지했습니다. 제 전용 밥그릇에 기름기가 약간 남은 것을 발견하고 세재를 사용해 한 번 더 닦았습니다. 그러다가 다른 그릇보다 더 세심하게 그리고 여러 번 제 밥그릇을 물로 헹궈내고 있는 저를 발견했습니다.

'이기적인 나'를 자각하는 것은 그리 어려운 일이 아니지만, 그래도 마음공부를 시작하기 전까지는 제가 이렇게까지 이기적인 줄은 몰랐습니다. 저는 이기적인 제가 싫습니다. '내가 이렇게 이기적인 사람이 아니었으면 좋겠다.'는 생각을 합니다. 그렇다고 해서 이기심이 사라지는 것은 아닙니다.

저는 왜 저밖에 모르는 이기적인 사람이 되었을까요? 어린 시절 성장환경의 탓이 크다고 봅니다. 누나 여섯을 내리 낳은 뒤에 귀한 아들로 태어난 저는 주위의 사랑과 관심을 혼자 독차지했습니다. 온 가족이 저를 중심으로 움직였고, 저는 자연스럽게 저밖에 모르는 자기중심적인 사람이 되었습니다.

그렇다면 어쩔 수 없이 이기적인 사람이 된 나를 이제 어떻게 해야 할까요?

당연히 용서해야 합니다. 이기적인 나에게 따뜻한 미소를 지어주고, 꼭 품어주어야 합니다. '이기적인 나'를 용서하고 따뜻하게 품어줄 때, 저의 주체는 '이기적인 나'로부터 '이기적인 나를 용서하고 따뜻하게 품어주는 나'로. 바뀌게 됩니다. '이기적인 나를 용서하고 따뜻하게 품어주는 나'는 '나의 이기심'만을 용서하고 따뜻하게 품어주는 것이 아니라 '너의 이기심'도 용서하고 따뜻하게 품어줍니다.

용서받고 사랑받은 나와 너의 이기심은 어떻게 될까요? 모두 눈처럼 녹아 사라집니다. 나와 네가 변하면, 우리가 변한 만큼, 이 세상도 아름다운 곳으로 바뀌어갑니다.

무심이와 이별하기

이기적인 저는 제 주변 사람들이나 자연에 무관심합니다.

연구실 화초에 1주일에 한 번씩 물을 줍니다. 저는 기계적으로 성의 없이 물을 줍니다. 오늘은 화분에 물을 주면서 이마저도 귀찮다는 생각이 들었습니다. 그러다가 문득 이런 자신을 자각했습니다.

'화초뿐 아니라, 가까이 있는 모든 존재들에 난 참 무관심하구나!'

어느 날, 아내가 말했습니다.

"여보, 나 오늘 헤어스타일 어때?"

저는 깜짝 놀라며(!) 대답했습니다.

"음, 아주 예쁜데!"

마음공부를 하면서, 이렇듯 주변 사람과 사물에 무관심한 저에 대한 자각이 잦아졌습니다. 누구도 무관심한 사람을 좋아하지 않고, 저 스스로도 이렇게 무관심한 제가 싫습니다. 저는 어쩌다가 이렇게 '무관심한 사람'이 되었을까요? 저를 중심으로 돌아가는 가족생활의 결과, 저는 자연스럽게 자기중심적인 사람이 되어갔고, 자기 밖의 존재에는 무관심해지지 않았을까 하는 생각이 들었습니다. 분명한 것은 저는 스스로 무관심한 사람이 되고자 무관심한 사람이 된 것이 아니라는 점입니다.

세상에 일부러 무관심한 사람이 되려고 해서 무관심한 사람이 된 사람이 어디 있겠습니까? 그래서 저는 제 안의 '무심이'를 용서해주기로 했습니다. 저 스스로도 싫어하고, 주변 사람들에게도 미움 받는 무심이가 가엾다는 생각이 들었습니다. 그래서 무심이를 자각한 순간, 저는 말합니다.

'무심아, 어서 와. 누구에게도 환영받지 못하는 불쌍한 너, 내가 너를 반갑게 맞아주고, 따뜻하게 감싸 안아줄게.'

저는 밉살스러운 무심이를 따뜻하게 품어줍니다. 저의 사랑을 받은 무심이는 말합니다.

'고마워. 이 세상에 태어나 처음으로 사랑을 받아보는구나. 넌 참으로 좋은 사람이야. 그럼 이제 난 너를 떠난다.'

무심이가 떠나버리고 나서, 저에게 변화가 일어났습니다. 저는 아

내의 바뀐 헤어스타일을 바로 알아볼 수 있게 되었고, 연구실 화초
들이 목말라하는 것을 알아차리게 되었습니다. 뿐만 아니라, 저에게
무관심한 주변 사람들에게 더 이상 짜증을 내지 않을 수 있게 되었
습니다.

불청이와 공존하기

어제는 TV를 보느라 아내가 옆에서 얘기하는 내용을 하나도 듣지 못했습니다. 아내는 이런 일을 겪을 때마다 어김없이 폭발적으로(!) 화를 냅니다. 아내의 폭발적인 분노를 피해가려고 보통은 기억하는 척, 주의 깊게 들은 척합니다.

그런데 오늘 아침에는 외통수에 걸려들었습니다. 아내는 어제 말한 내용을 전제로 저에게 무언가를 물었습니다. 그런데 제 머릿속은 텅 빈 백지마냥 아무 기억이 없어서, 어제 무슨 말을 했느냐고 반문할 수밖에 없었습니다. 아니나 다를까 아내의 불호령이 떨어졌습니다.

'아이쿠!'

상대방의 말을 주의 깊게 들어주지 못하고 딴 생각을 하거나 상대방이 말하는 도중에도 제가 할 말만 생각하는 저, 확실히 추한 저의 모습입니다. 하지만 또한 확실한 것은 제가 상대방의 말을 불청不聽하고 싶어서 불청하는 것이 아니라는 점입니다.

저에게는 제 이야기를 아주 깊이 잘 들어주는 친구가 있는데, 저는 늘 그 친구의 그런 모습을 부러워합니다. 저도 상대방이 말할 때 그 친구처럼 깊이 들어주려고 나름대로는 애를 쓰는데도 늘 잘되지 않았습니다. 이런 면에서 저는 정신적인 장애인이라고 봐야 할 것입니다. 이 세상에 어떤 육체 장애인도 자신이 원해서 그렇게 된 것이 아니듯이, 정신적인 장애인도 마찬가지입니다.

그래서 저는 '상대방의 말을 주의 깊게 듣지 못하는 저'를 비난하지 않기로 했습니다. 상대방의 말을 주의 깊게 듣지 못해 늘 주위 사람들로부터 핀잔을 듣고, 제 스스로에게도 미움을 받는 '불청하는 나'가 가엾게 느껴지기 시작했습니다. 저는 '불청이'에게 이렇게 말해주었습니다.

'불청아, 괜찮아. 다 괜찮아. 그냥 좀 못 듣고 욕먹으면 되지 뭐.'

저는 요즘도 다른 사람들이 말하는 동안 제가 할 다음 말을 생각할 때가 많습니다.

그러나 예전처럼 '불청하는 나'를 원망하지 않습니다. 불청이를 용서하고 사랑한 이후로, 저는 불청이와 평화롭게 공존할 수 있게 되었습니다.

건강염려증

아프리카에서 매일 많은 어린아이들이 배고픔으로 죽어가고 있다는 뉴스를 접해도 눈도 깜짝 하지 않는 저이지만, 제 몸에 좁쌀만 한 이상 징후만 포착되어도 저는 화들짝 놀랍니다. 주변 사람이 말기 암에 걸렸다고 해도 그냥 그런가 보다 하고 대범하게 넘기는 저이지만, 제 몸에 미열이라도 나면 온갖 근심에 사로잡힙니다.

중학교 2학년 때, 재채기를 하다가 모래알만 한 피가 손에 묻었습니다.

'폐병에 걸린 게 아닐까? 이제 난 죽는구나!'

겁이 덜컥 났습니다. 겁에 질린 채, 어머니와 함께 황급히 병원에 달려갔습니다. 의사 선생님은 청진기도 대지 않고 크게 비웃으며 이렇게 말씀하셨습니다.

"너같이 뚱뚱한 아이는 폐병 안 걸린단다."

이틀 동안 계속된 설사 끝에 마침내 입맛이 뚝 떨어졌습니다. 저에겐 드문 일입니다. 위에서 약간의 신물이 올라오자 마음속에서는 온갖 상상이 나래를 폅니다.

'위암에 걸린 것 아닐까? 지금 죽으면 애통해서 어쩌나!'

다음 날 입맛이 완전히 돌아왔습니다.

'다른 사람들이 겪는 커다란 고통에는 대범하면서, 자신의 작은 문제에는 전전긍긍하는 나', 참 초라한 저의 모습입니다. 건강염려증에 빠져 있는 저를 어떻게 해야 할까요? 이 녀석 참 앙증스럽죠. 저는 건강염려증을 향해 씨익 웃어줍니다. 알고 보면 얘도 가엾은 녀석입니다. 스스로도 고통을 겪지만 누구도 이 녀석을 좋아하지 않습니다. 다정한 대접을 받으면서 이 녀석은 점점 힘을 잃어갔습니다. 건강염려증은 여전히 제 안에 살고 있고, 기회가 되면 불쑥불쑥 나타납니다.

하지만 저는 건강염려증을 예전처럼 박대하지 않고 가엾이 여겨줍니다. 사실 '거짓 나'에 사로잡혀 살아가는, 그래서 고통을 받기도 하고 주기도 하는, 모든 중생의 삶이 가엾은 것입니다.

우스운 광경

제 차의 에어컨이 신통치 않아, 더운 날이면 창문을 열고 운행합니다. 그래서 통근 길에는 공기가 좋은 우회로를 이용합니다. 우회로는 대덕산을 타고 나 있는 편도 1차선의 구불구불한 길입니다. 우회로에 접어들었을 때, 갓길 주차를 하고 있던 차가 갑자기 튀어나오며 출발해서 제 앞을 가로막았습니다. 울컥 짜증이 났습니다. 그것도 모자라 그 차는 제 앞에서 굼벵이처럼 천천히 기어갔습니다. 속에 천불이 났습니다. 속도계를 보니 시속 30km였습니다. 그 차 뒤를 따라가며 온갖 저주를 퍼부었습니다.

그러다가 문득 저주를 퍼붓고 있는 저를 보았습니다. 자각과 더불어, 저는 제가 돌봐야 할 사람이 '굼벵이처럼 기어가는 앞 차 운전자'가 아니라 '굼벵이 운전자를 향해 욕을 퍼붓고 있는 나'임을 알았습니다. 저의 시선은 '굼벵이 운전자'로부터 '굼벵이 운전자를 향해 욕을 퍼붓고 있는 나'로 바뀌었습니다. 저는 영화를 보듯이 '굼벵이 운전자를 향해 욕을 퍼붓고 있는 나'를 구경했습니다. 볼 만한 구경 거리였습니다. 머리도 훌렁 벗겨진 중늙은이가 아무것도 아닌 작은 일에 화가 머리끝까지 나서, 혈압을 올려가며, 온갖 욕설을 퍼부어대는 광경이 우스웠습니다.

"하하하!" 하고 소리 내어 웃었습니다.

급한 일이 있는 것도 아니고, 늦어도 몇 년이 늦는 것도 아니고, 화를 낸다고 앞차가 빨리 가는 것도 아닌데, 화를 내는 제 모습이 우스웠습니다. 그래서 '조급증에 사로잡힌 앙증스런 나'에게 윙크를 해 주었습니다.

충고 중독자

아내가 카카오톡에 올라온 아기 사진 한 장을 보여줍니다. 조카가 낳은 딸아이인데 이목구비가 또렷하고 아주 예쁩니다. 지난번에 병원에서 봤을 때보다 더 예뻐졌습니다. 저는 아내에게 이번 주말엔 아기를 보러 가자고 말하면서 이렇게 덧붙였습니다.

"조카 내외에게 아기 잘 키우게 충고나 좀 해줘야겠어."

아내가 기가 차다는 어투로 말했습니다.

"당신, 충고 중독인 거 알아? 하다 하다 이젠 충고 중독까지? 그냥 가서 아기나 보고 와!"

저는 기죽은 목소리로 말했습니다.

"알았어…."

심한 충고 중독에 걸린 저를 보았습니다. 돌직구 화법을 즐기는 아내의 도움이 아니었으면, 충고 중독자인 저를 지나칠 뻔했습니다. 곰곰이 생각해보니, 저의 충고 중독증으로 인해 고통받는 주위 사람들의 얼굴이 하나하나 떠올랐습니다. 그중에는 인간관계가 파탄 위기로까지 치달은 경우도 있었습니다. '아차!' 하는 마음이 들었습니다.

저는 충고하려는 순간 멈추고 '충고하려 하는 나'를 보는 연습을 했습니다. 그 결과, 저는 누구에게나 무슨 일에나 충고를 하려 드는 저를 발견했습니다. 저는 '충고 중독자인 나를 돌보기' 작업을 시작했습니다. '충고 중독자인 나'를 가만히 들여다보니, '내가 옳다'는 생각으로 똘똘 뭉쳐 있음을 알았습니다. 과연 제가 옳은 것일까요?

'내가 옳다'고 생각하는 순간 '나는 이미 틀렸다'는 것을 알았습니다. 그 이유는 이렇습니다.

'내가 옳다'라고 생각하는 주체는 언제나 '거짓 나'입니다. '거짓 나'는 '분리된 개체로서의 내(거짓 나)가 나라고 생각(망상)하는 내(참 나)가 아닌 나'입니다. '거짓 나'는 '틀린 나'입니다.

그러므로 '내가 옳다'라고 생각하는 순간 나는 이미 틀린 것입니다.

저는 마침내, 제가 돌봐야 하는 것은 '충고를 받아야 할 너'가 아니라 '내가 옳다'는 생각(망상)에 사로잡혀서 '충고를 하려고 하는 나'임을 깨달았습니다. 그래서 '충고 중독자인 나'를 돌보아주는 작업을 시작했습니다. '오만한 충고 중독자인 나'는 추합니다. 충고를 하려는 충동이 일어날 때마다, 저는 충고하지 않고, 충고하려는 충동을 향해 미소 지어주었습니다.

'앙증스런 충고 충동아, 왔니? 어서 와.'

저는 충고 충동을 반갑게 맞아주었습니다. 그리고 내 안에 그가 편히 머물 수 있도록 허용했습니다. '견딜 수 없이 잘난 척하고 싶어 하는 충고 중독자인 나'에게 다정히 말해주었습니다.

'충고 중독아, 너는 잘난 척을 해야만 잘나질 만큼 보잘것없는 존재가 아니란다.'

너는 틀렸다!

주차구역이 아닌 곳에 세워놓은 옆 차 때문에 저는 제 차의 사이드 미러를 접고서야 겨우겨우 탈 수 있었습니다. 화가 났습니다. 그래서 제 차문을 열면서 의도적으로 문을 세게 열어 옆 차(제 차보다 새 차였습니다)를 받아버렸습니다. 속이 시원했습니다.

아파트 사거리에서 우회전하는 차가 직진하는 제 차 앞으로 획 꺾어 끼어듭니다.

'건방진 놈!'

순환도로에 접어드니 짐을 가득 실은 트럭 2대가 제 앞길을 막더니 아주 천천히 갑니다.

'어휴, 저 느려터진 놈들이 왜 순환도로를 이용하냐고!'

순환도로가 끝나고 복개천을 달리는데, 길가에 불법주차 해놓은 차들 때문에 빨리 갈 수가 없습니다. 게다가 도로공사까지 하고 있습니다.

'에이, 나쁜 놈들! 차를 저따위로…. 게다가 아침부터 도로공사는 왜 하고 난리야.'

이런저런 욕설과 짜증을 퍼부으며 운전하다 보니 어느덧 저의 에고는 학교에 당도했습니다. 차에서 내려 걸으면서 생각했습니다.

'과연 나는 옳고 상대방은 틀린 것일까?'

저의 '거짓 나'가 이렇게 대답했습니다.

'당연히 나는 옳고 상대방은 틀렸지. 지금 길가에 불법주차를 해놓은 저놈들이 옳다는 거야?'

제 인간관계의 많은 영역에서 이런 잣대가 적용되고 있음을 알았습니다. 대부분의 경우, 상대방은 저와 정반대의 잣대를 적용시켰고, 이것은 분쟁과 고통을 낳는다는 것을 알았습니다.

저는 다시 한 번 질문을 던졌습니다.

'과연 나는 옳고 상대방은 틀린 것일까?'

이번엔 '참 나'가 정반대의 대답을 했습니다.

'나는 결코 옳지 않아. 내가 옳다고 생각하는 순간 이미 나는 틀린 거야. 옳음은 상대(거짓 나)의 영역에 속하는 것이 아니라, 절대(참 나)의 영역에서만 존재하는 것이니까.'

황희 정승의 일화를 들어보셨을 것입니다. 황희 정승은 싸움을 하던 두 사람으로부터 서로의 이유를 듣고 "너도 옳고, 너도 옳다."고 말했습니다. 옆에서 그 대답을 타박하는 부인에게 "부인 말도 옳소." 라고 대답했습니다. 저의 '거짓 나'가 황희 정승에게 제가 옳은 이유를 고하자 정승께서 이렇게 말씀하셨습니다.

"너는 틀렸다."

Part 4

결대로 사는
기쁨

결대로 살아야 편안합니다.
부모님, 배우자, 자녀와의 관계에서도 마찬가지입니다.
상대방의 결을 있는 그대로 인정해주고 품어주어야
더 깊은 사랑을 키워갈 수 있습니다.
대신 마음을 다해 그의 존재를 감사히 여기고,
세심하게 결을 살펴야 합니다.
당신은 지금 잘 지내고 있나?
당신은 지금 행복한가? 당신에게 근심은 없는가?
당신 몸에 불편한 곳은 없나? 이런 지문을 하면서 말입니다.

아들과 어머니

오랜만에 어머니와 둘이서 따로 국밥을 먹으러 갔습니다. 이기주의자인 저는 양념으로 제공되는 다진 마늘을 먼저 3/4쯤 덜어서, 제 국밥에 집어넣었습니다. 어머니께서는 남은 마늘 1/4을 싹싹 긁어 넣으셨습니다. 어머니는 아무런 불평도 하지 않으셨습니다. 만일 경우가 바뀌었다면, 저는 마음속으로 '어머니는 이기주의자!' 하며 길길이 뛰면서 흥분에 몸을 떨었을 것입니다.

정열이 사라진 자리

존재변화를 이룬 사람에게 부부생활이란 늘 퍼마셔도 시원한 옹달 샘과 같습니다. 정열은 꽃처럼 아름답습니다. 하지만 반드시 식어버 리는 날이 옵니다. 그래서 정열의 바탕 위에 부부생활의 집을 짓는 것은 위험천만한 일입니다. 정열은 두 사람의 사랑에 주어진 보너스 일 따름입니다. 정열이 식어 떠나려 할 때, 그는 붙잡지 않고 보내 줍니다.

어느 날 갑자기 자신을 바라보는 배우자의 눈 속에서 광채가 사 라질 때, 그는 결코 배우자를 비난하지 않습니다. 그는 올 것이 왔음 을 알고, 그때까지 두 사람에게 주어졌던 정열이라는 선물에 감사합 니다. 그리고 정열이 사라진 그 자리가 바로 두 사람이 세월과 더불 어 끝없이 사랑을 키워가는 터전이 됩니다.

곰보도 보조개로

'신혼 때는 곰보도 보조개로 보인다.'는 말이 있습니다. 하지만 조금 시간이 지나고 나면, 그 전까지 눈에 띄지 않던 배우자의 단점들이 눈에 들어오기 시작합니다. 이때가 결혼생활의 첫 번째 위기입니다.

정열이 사라진 자리엔 이런 푸념이 터져 나옵니다.

저 사람은 왜 저렇게 쩨쩨해?

저 사람은 왜 저렇게 낭비벽이 심한 거야?

저 사람은 왜 저렇게 약속시간을 안 지켜?

저 사람은 왜 저렇게 지저분해? 더러워 죽겠어.

저 사람은 왜 저렇게 다른 여자의 다리를 쳐다보는 거야?

저 사람은 왜 저렇게 자기 입밖에 몰라?

저 사람은 왜 늘 자기만 옳다고 생각하는 거야?

저 사람은 왜 저렇게 게을러 터졌어?

저 사람은 왜 저렇게 드라이한 거야?

저 사람은 왜 저렇게 배려심이 없어?

저 사람은 왜 저렇게 독해?

저 사람은 왜 저렇게 무슨 말만 하면 화를 내?

저 사람은 왜 저렇게 소심해?

저 사람은 왜 저렇게 주책이 없어?

저 사람은 왜 저렇게 허영심이 많아?

저 사람은 왜 저렇게 무능해?

저 사람은 왜 저렇게 재미가 없어?

저 사람은 왜 저렇게 교양이 부족해?

저 사람은 왜 저렇게 사교성이 없어?

저 사람은 왜 저렇게 자신감이 없어?

저 사람은 왜 저렇게 우유부단해?

저 사람은 왜 저렇게 조심성이 없어?

저 사람은 왜 저렇게 물건을 쓰고 제자리에 두지 않는 거야?

저 사람은 왜 저렇게 성격이 조급해?

저 사람은 왜 저렇게 애교가 없어?

저 사람은 왜 저렇게 말이 많아?

저 사람은 왜 저렇게 말이 없어?

'저 사람은 왜 저래!' 시리즈는 끝없이 계속됩니다. 그리고 현대의 많은 부부들이 이런 암초에 부딪혀 좌초되고 맙니다.

하지만 존재변화를 이룬 사람은 그 사람이 소심한 것이, 독한 것이, 이기적인 것이, 자신감 없는 것이 그 사람의 상처임을 압니다. 그래서 그는 비난하지 않을 뿐만 아니라 그 사람의 아픔을 함께 아파합니다. 또한 그는 조심성이 없고, 애교가 없으며, 교양이 부족하고, 게으른 배우자를 사랑이 가득한 눈으로 너무 귀엽다는 듯이 바라봅니다. 서로가 서로의 단점을 인정하고, 따뜻하게 품어주는 가운데, 부부는 각자 자신의 단점을 가진 채 더 깊은 사랑을 키워갑니다.

그를 향해 깨어 있기

그는 배우자에게 늘 깨어 있습니다. 그는 잠에서 깨어나면 맨 먼저 배우자의 존재를 깊이 느끼며 포옹합니다. 그리고 '당신이 있어서 너무 좋음'을 느끼고, 당신의 존재에 깊이 감사합니다. 그는 늘 질문을 던집니다.

당신은 지금 잘 지내고 있나?

당신은 지금 행복한가?

당신에게 근심은 없는가?

당신 몸에 불편한 곳은 없나?

아내가 미장원에 다녀온 날, 그의 인사는 "헤어스타일 멋진데!" 입니다.

아내가 새 옷을 입으면, 그는 "색깔이 자기와 너무 잘 어울려."라고 말합니다.

배우자에 대한 관심이 깊어가면서, 예전에는 보지 못했던 배우자의 아름다운 모습을 발견해 갑니다. 그의 관심과 사랑을 받으면서 아내는 행복을 느끼며 꽃처럼 피어납니다.

존중의 전염성

이혼사유 중 가장 많은 것이 '성격차이'입니다. 부부에게 서로 간의 '차이'는 반목의 조건이 됩니다. 하지만 존재변화를 이룬 부부에게 서로 간의 '차이'는 조화의 근거가 됩니다. 그는 배우자가 갖고 있는 자신과 다른 취향을 존중합니다.

'나는 스포츠 채널을 좋아하지만 아내는 멜로드라마를 좋아하지. 우리 둘이서 한 대의 TV를 봐야 하니, 아내가 좋아하는 멜로드라마 채널을 틀어주자.'

'나는 녹차를 좋아하지만 아내는 커피를 좋아하지. 나는 사무실에서 늘 녹차를 마실 수 있으니, 오늘 외출하면 아내가 좋아하는 커피를 사주자.'

그는 배우자가 갖고 있는 자신과 다른 성격을 존중합니다.

'나는 사람 만나는 것을 싫어하지만 아내는 사람 만나는 것을 좋

아하지. 오늘은 아내의 친구들과 부부모임이 있는 날이니 기쁜 낯으로 모임에 참석하자.'

'나는 내성적인 성격이지만 아내는 활동적인 성격이지. 난 나와 다른 아내의 성격이 참 좋아.'

그는 배우자가 갖고 있는 자신과 다른 생활습관을 존중합니다.

'나는 아침잠이 없어졌지만 아내는 여전히 늦잠을 좋아하지. 오늘은 주말이고 아내가 늦게까지 잘 수 있게 조용히 있자.'

그는 이렇게 배우자가 갖고 있는 자신과 다른 기호, 성격, 생활습관 등을 존중할 뿐만 아니라, 가능하다면 자신도 이것들을 좋아하려 노력합니다. 그는 결코 '나는 옳고 너는 틀렸다.'고 하는 '거짓 나'의 덫에 걸리지 않습니다.

존중은 전염성이 강합니다. 내가 아내를 깊이 존중하면, 아내는 나를 깊이 존중해줍니다. 그래서 다른 음색의 악기가 어울려 앙상블을 이루듯, 부부는 서로의 다름을 존중하는 가운데 조화로운 부부생활을 영위하게 됩니다.

지하철 코피남

오래 전에 '넝쿨째 굴러온 당신'이라는 TV 드라마가 있었는데, 주인 공 방귀남의 작은 아버지로 대머리 아저씨가 출연합니다. 그는 동네 부동산중개소에서 근무했는데, 너무 고지식해서 해고되고 맙니다. 직업도, 수입도, 외모도 보잘것없는 사람인데, 그의 아내는 그를 이 세 상에서 가장 훌륭한 사람으로 굳게 믿고 깊이 존경합니다. 남편이 어 떤 말을 해도, 아내는 존경의 눈빛으로 경청합니다. 남편이 가난해서 값싼 외식을 시켜줄 때도, 아내는 세상의 가장 진귀한 음식을 대하 듯 맛있게 먹습니다.

어느 날 아내는 남편이 직장에서 쫓겨난 사실을 알고 마음 아파 합니다. 아내는 더 깊이 남편을 사랑하고, 남편을 더 많이 존경하기 로 했습니다. 남편은 직장에서 쫓겨난 후 지하철에서 코털 깎는 기 계를 팔게 되었는데, 시연을 하다가 잘못해서 코피를 흘립니다. 이

장면이 인터넷에 유포되면서, 남편은 '지하철 코피남'으로 회자되며 온 세상의 웃음거리가 됩니다.

우연히 이 동영상을 본 아들은 웃음거리가 된 아버지 때문에 마음이 아팠습니다. 아들은 동영상에 이런 댓글을 답니다.

'이분은 제 아버지입니다. 저는 아버지가 부끄럽지 않습니다. 제 학업을 위해 이렇게 궂은일도 마다하지 않는 아버지가 자랑스럽습니다!'

그 가족은 서로에 대한 믿음과 존경으로 가난하지만 다른 어떤 가족보다 행복했습니다.

애어

존재변화를 이룬 사람은 배우자에게 늘 다정하게 말합니다. 그는 말로써 배우자에게 상처를 입히지 않습니다. 그는 어떤 상황에서도 배우자를 비난하지 않습니다. 그는 배우자에게 호통을 치거나 벌건 얼굴로 화내지 않습니다. 이 세상에서 가장 사랑하는 사람에게 고함을 칠 일이 무엇이 있겠습니까? 자신이 이 세상에서 가장 사랑하는 사람에게 벌건 얼굴로 화낼 일이 무엇이 있겠습니까? 자신이 이 세상에서 가장 사랑하는 사람에게 다정하게 말을 못 건넬 이유가 무엇이 있겠습니까?

다정한 말, 배우자를 지지하고 격려하는 말, 따뜻한 위로의 말, 감사와 사랑을 전달하는 말, 배우자의 아름다움을 표현하는 말, 이런 애어愛語들은 배우자를 행복하게 하고, 배우자는 꽃처럼 활짝 피어날 것입니다.

솔로몬의 선택

부부가 함께 살다 보면 선택해야 하는 상황에 자주 부딪칩니다.

오늘 날씨가 끄무레한 데 산책을 갈까, 말까? 부모님을 찾아뵈려는데 처가에 갈까, 시가에 갈까? '1박 2일'을 볼까, 야구 중계를 볼까? 설거지를 내가 할까, 당신이 할까?

이런 선택의 상황에서 재빨리 상대방의 의견을 선택하는 것이 '솔로몬의 선택'입니다. 왜 이것이 솔로몬의 선택일까요? 4가지 이유가 있습니다.

첫째, 사랑하는 사람과 싸우지 않아도 됩니다. 싸워도 결국 할 수 있는 것은 한 가지뿐이며, 그것도 불쾌한 마음으로 하게 됩니다. 둘째, 자기고집을 내세웠을 때 받을 미움 대신 존경과 사랑을 받을 수 있습니다. 셋째, 때론 순조롭게 자기 의견을 관철시킬 수 있는 방법이 됩니다. 내가 선뜻 양보하면 그것을 덥석 받기보다는 상대방도 양보하고 싶은 마음이 생기는 것이 인지상정입니다. 그래서 최소한 다음번에는 상대방이 기꺼이 먼저 양보합니다. 가장 중요한 네 번째 이유는, 사랑하는 당신이 원하는 것을 할 수 있게 되니 내 마음도 기쁩니다!

우린 늘 생각합니다. '이 세상에서 가장 사랑하는 당신을 위해 무엇을 못 해주겠나!'

자존심을 버리고
그 배를 채우라

부부싸움을 빨리 마무리하려면 어떻게 해야 할까요? 자존심을 버리면 됩니다.

'자존심과 싸움'이란 주제를 쓰려니까, 우리 동양사회사상학회 회원들이 모여 크게 웃었던 에피소드가 떠오릅니다. 제가 무척 존경하는 전남대 사회학과 교수 최석만 선생님의 일화입니다. 선생님은 학교 게시판에 자신의 권리만 주장하는 교수사회를 신랄하게 비판하는 글을 올려 지역사회의 이목을 끌었습니다. 선생님의 용기에 감탄한 지역신문 기자가 5·18 동지회에 대한 비판기사를 부탁했다고 합니다. 우리는 "선배님, 큰일 나요. 하지 마세요." 하며 이구동성으로 말렸는데, 최 선생님은 "음, 걱정 없어."라며, 이렇게 말했습니다.

"동지회에서 날 찾아오면 무릎 끓고 '제가 잘못했습니다.' 하고 싹싹 빌면 되지 뭐."

《별유천지別有天地》의 저자이기도 한 도인 최 선생님에게 자존심이란 지켜야 할 가치가 있는 그 무엇도 아니었던 것이죠.

다시 부부싸움으로 돌아가보겠습니다. 부부싸움이 일어났습니다. 어떻게 하면 될까요? 재빨리 자존심을 버리고 잘못했다고 사과하면 됩니다. 만일 끝까지 '내가 잘했어!'를 고집한다면, 상대방 역시 이렇게 대응합니다.

"아니, 당신이 잘한 게 뭐야! 내가 잘했지!"

이렇게 되면 부부생활의 고통이 길어지고 깊어집니다.

그래서 그는 자존심을 버리고 이렇게 말합니다.

"자기야, 내가 잘못했어. 내가 순간적으로 돌았나 봐. 용서해줘!"

그러면 상대방은 이렇게 답합니다.

"맞아. 자기가 잘못한 거. 음, 그런데 가만 생각해보니 나에게도 잘못이 쪼끔은 있었던 것 같네."

그는 '자존심이 결코 밥을 먹여주지 않을 뿐만 아니라 배를 곯게 만든다.'는 진리를 알고 있습니다. 그는 자존심을 비우고, 배를 채웁니다. 그래서 노자께서도 이렇게 말씀하셨습니다.

"자존심을 버리고 그 배를 채우라."

자유의 공기

자유는 사랑이 숨 쉬는 공기입니다. 현대인은 배우자에게 흔히 이런 말을 하며 상대방을 사랑하는 것이라고 착각합니다.

너무 늦게 다니지 마! 화장 너무 진하게 하지 마! 춤추러 다니지 마! 다른 남자(여자) 쳐다보지 마! 등등.

하여튼 '마!' 자로 끝나는 말이 나오려 할 때마다 그는 일단 말을 꿀꺽 삼킵니다. 그리고 '정말 이 말을 해야 하는가?'를 세 번 생각해 보고 나서, 하지 않습니다. 그래서 맑은 자유의 공기를 마시며 두 사람의 사랑은 성장합니다.

칭찬의 시중

사랑이 부부생활을 움직이는 휘발유와 같은 것이라고 한다면, 칭찬은 부부생활을 부드럽게 하는 윤활유와 같은 것이라고 할 수 있습니다. 칭찬의 시중時中이란 주어진 상황에 맞추어 적절하게 칭찬하는 것을 뜻합니다. 다음과 같은 3가지 조건에 주의해야 합니다.

첫째, 칭찬은 칭찬 받는 사람이 납득할 수 있는 정도로 해야만 합니다. 예를 들어, 완전히 대머리인 사람에게 "요즘 머리카락이 많이 났네!"라고 칭찬하면, 상대방은 화를 낼 것입니다.

둘째, 칭찬은 기회를 적절히 포착해야 합니다. 타자가 야구공이 날아올 때 타이밍을 잘 맞추어 방망이를 휘둘러야 하듯이, 칭찬할 때도 타이밍이 중요합니다.

셋째, 칭찬은 진심이 담겨 있어야 합니다. 진심이 담겨 있지 않은 칭찬은 오래가지 못합니다.

적절한 칭찬의 사례를 들어보겠습니다.

1. 김장김치가 다 떨어져가서 아내가 배추 한 포기를 사서 김치를 담았습니다. 배추 한 포기로 김치를 담은 것은 처음이어서 아내는 그 결과를 무척 궁금해했습니다. 그런데 김치가 다행히(!) 맛있었습니다. 그때 남편이 말합니다.

"당신은 요리 천재야! 어떻게 처음 담았는데 이런 맛을 낼 수 있어!"

2. 아내가 피부관리를 받으러 다니면서, 그 결과를 무척 궁금해합니다. 그런데 아내 얼굴이 뽀얗게 변했습니다. 남편이 말합니다.

"얼굴 피부만 보면, 당신은 십대야!"

3. 아내가 백화점에서 사온 옷을 입고 패션쇼를 합니다. 분홍색 스웨터를 입으니 화사합니다. 남편이 말합니다.

"마치 초겨울에 벚꽃이 핀 것 같네. 이 옷은 자기를 위해 태어난 거야!"

특히 울적하거나 기분이 가라앉아 있을 때, 적절한 칭찬은 삶에 활력을 줍니다.

'자기는 힘든 일도 쉽게 잘 처리하네.'

'다른 사람이면 견디기 힘들었을 텐데, 자기는 참 잘 견디고 쉽게 헤쳐 나가네.'

'자기는 혼자 있는 시간도 참 즐겁게 잘 보내네.'

'자기는 힘든 인간관계를 어쩜 그렇게 잘해.'

'자기는 음식을 씹을 때도 너무 귀여워.'

진심 어린 칭찬을 자주 받은 아내는 꽃처럼 아름답게 피어납니다.

쉼터가 되어주기

누구나 살아가는 것이 힘겹고 피로합니다. 태어나고, 살아가고, 늙고, 병들고, 죽는 삶의 전 과정이 힘든 일입니다. 우리는 이렇게 매일 힘든 하루하루를 대견스럽게도 잘 살아가고 있습니다. 더군다나 현대인은 서로 자신의 이익을 쟁취하고 싸우느라 삶의 피곤함이 극도에 달한 것 같습니다.

우리에게는 휴식이 필요하며, 쉴 곳이 필요합니다. 우리가 가장 편안하게 쉴 수 있는 곳이 바로 사랑하는 사람의 '품 안'입니다. 그래서 존재변화를 이룬 사람은 '상대방이 내 안에서 편히 쉴 수 있는 쉼터'가 되어줍니다. 그는 배우자를 판단하지 않고, 어떤 것도 요구하지 않으며, 그냥 자신의 품 안에서 편안하게 쉴 수 있도록 해줍니다. 그는 품 안에 누운 배우자를 향해 마음속으로 말합니다.

'수고했어, 여보. 정말 수고 많았어.'

배우자의 부모님께
감사하기

남편은 아내의 존재에 깊은 감사를 느낍니다. 그래서 아내를 낳아주고 온 정성을 다해 길러주신 아내의 부모님께 효도합니다. 아내는 남편의 존재에 깊은 감사를 느낍니다. 그래서 남편을 낳아주고 온 정성을 다해 길러주신 남편의 부모님께 효도합니다. 배우자의 부모님께 자주 전화도 드리고, 모시고 여행도 다니며, 가끔 선물도 보내드리고, 찾아뵐 때는 용돈도 드리며, 공손하게 이런저런 말씀도 들어드립니다. 그리고 이렇게 말씀드립니다.

"저 사람을 이렇게 훌륭하게 키워주셔서 깊이 감사드립니다."

아내가 나의 부모에게 이렇게 효도하니 감사하고 기쁩니다. 남편이 나의 부모에게 이렇게 효도하니 감사하고 기쁩니다.

곁에 있는 행복

존재변화를 이룬 사람은 배우자에게 사랑을 느낄 때 자신의 마음을 표현합니다.

때로 말로 표현하고, 때로 몸으로 표현하며, 때로 글로 표현하고, 때로 선물로 표현합니다.

아내는 사랑하는 남편이 좋아하는 음식을 준비하며 행복합니다. 자신이 만든 음식을 맛있게 먹는 남편의 모습을 바라보며 기쁩니다. 남편은 설거지를 하며 즐겁습니다. 두 사람은 매일같이 손을 잡고 아름다운 산책로를 함께 걸으며 행복을 느낍니다. 때론 멈추어 둘이서 말없이 하늘을 바라봅니다. 시장에서 장을 함께 보니 행복합니다. 젊은이들로 꽉 찬 영화관에서도 둘이 손을 꼭 잡고 영화를 보니 행복합니다. 비오는 날, 집 앞의 커피숍에서 따뜻한 커피와 빵을 먹으니 행복합니다. 추운 날에는 단팥죽을 호호 불면서 맛있게 먹으니 행복합니다. 휴일이면 그들은 침대에서 일어나지 않고 함께 뒹굴뒹굴합니다. 누워서 이야기도 하다가 낮잠도 자고, 그러다가 군것질을 하기도 합니다. 오늘 있었던 이야기를 두런두런 나누니 행복합니다. 때론 둘만의 여행을 떠납니다.

어딜 가든 당신이 곁에 있으니 행복합니다.

원하는 대로
키우는 법

자녀를 행복한 사람으로 키우고 싶다면 어떡해야 할까요?

부모 스스로가 행복해야 합니다.

자녀를 효자로 키우고 싶다면 어떡해야 할까요?

부모 스스로가 자신의 부모님께 효성을 다하면 됩니다.

자녀를 훌륭한 사람으로 키우고 싶다면 어떡해야 할까요?

부모가 자녀로부터 깊은 존경을 받을 수 있는 사람이 되면 됩니다.

우리는 자녀를 원하는 대로 키울 수 있습니다. 존재변화를 이룬 사람은 스스로 행복한 사람이고, 부모님께 효성을 다하는 사람이며, 모든 사람들로부터 존경받는 사람이기에, 자녀도 그가 원하는 대로 성장합니다.

더 많이 알기

존재변화를 이룬 사람은 자녀에게 깊은 관심을 기울입니다.

그는 자주 이런 질문을 떠올립니다.

우리 아이는 요즘 행복한가?

우리 아이에게 근심은 없는가?

우리 아이의 꿈은 무엇인가?

우리 아이가 요즘 우울하지는 않은가?

그래서 그는 자녀에 대해 더 많이 알게 됩니다.

그는 자녀의 말을 많이 들어주고, 더 많고 깊이 있는 대화를 나눕니다.

절제하는 사랑

자녀에 대한 사랑은 절제가 필요합니다. 요즘 젊은 부모들은 마치 애완견 키우듯이 아이들에게 과도하게 애정표현을 남발하는 경우를 많이 봅니다. 하지만 이것은 강아지에게조차 해서는 안 되는 사랑의 방법입니다.

애정을 너무 많이 받은 강아지는 마침내 '칭찬과 인정에 중독된 강아지'가 됩니다. 사랑스럽다고 물을 계속 주면 화초는 썩을 수밖에 없습니다.

'우리 아이를 평범하게 키우겠다!'

이것이 존재변화를 일으킨 부모의 마음가짐입니다. 아이에게 너무 값비싼 옷을 입히지 않고, 너무 맛난 것을 먹이지도, 너무 좋은 학교에 보내지도 않습니다. 비싼 옷은 부모님께 선물해 드리고, 아이에게는 다른 아이들이 입던 헌옷을 얻어다 입힙니다. 맛난 것은 부모님께 대접해 드리고, 아이에게는 평범한 음식을 먹입니다. 부모님이 최상의 것을 조부모님께 드리는 모습을 보며 자라는 아이는 반드시 훌륭한 사람으로 자랄 것입니다.

아이에게 최상의 것을 주면, 아이는 이렇게 생각합니다.

'음, 제일 좋은 것은 내가 가져야 하는 것이구나.'

아이는 자기중심적인 사람으로 자라게 되고, 어른이 되어서도 자기밖에 모르는 사람이 됩니다. 무리를 해서 아이를 비싼 학교에 보내거나 해외로 조기유학을 보낸다면, 아이는 오만해지고 그러면 모든 사람들에게 미움을 받게 될 것입니다.

제가 세상에 태어났을 때, 아버지는 이미 여섯 딸들을 키운 경험을 가진 유능한 부모였습니다. 어렵게 얻은 아들이라, 아버지는 제가 무척 귀여웠겠지만 편애하지 않으셨습니다. 하나의 사례를 소개하겠습니다.

어린 시절, 저희 집은 경제적으로 부유한 편이었습니다. 제가 중학교에 입학했을 때, 교복을 맞추어야 했는데, 아버지는 그 당시 가난한 집 아이들도 잘 입지 않는 광목에 검은 물을 들인 값싼 천으로 된 교복을 맞추라며 돈을 주셨습니다. 참고로 아버지는 누나들을 양

장점에 데려가서 최고급 여성복을 맞춰주곤 하셨습니다.

저는 아버지에게 섭섭함을 느끼기보단 존경심을 느꼈습니다. 아버지는 주변에 어려운 사람들을 도와주셨고, 학교 담임선생님께도 우리들이 졸업하고 난 뒤에 선물을 하셨습니다. 오늘의 저에게 훌륭한 점이 있다면, 그것은 저를 잘 키워주신 아버지 덕분이라 생각합니다.

규범 교육

자녀가 어렸을 때, 부모의 역할 중 하나는 규범을 교육하고, 아이의 도덕성을 발달시켜주는 것입니다. 오늘날 젊은 부부들은 규범 교육을 소홀히 하는 일이 많고, 이로 인해서 자녀들의 삶은 혼란에 빠져듭니다. 아이가 성장함에 따라, 특정 상황에서 어떻게 행동하는 것이 적절한가에 대해 분명한 지침을 주어야 합니다.

음식점과 같이 여러 사람이 함께 있는 장소에서는 어떻게 행동해야 하는지, 어른들을 뵈었을 때는 어떻게 인사를 드려야 하는지, 동생이나 친구에게 어떻게 대해야 하는지 등과 같이 온전한 인간으로서 살아가는 데 필요한 것들에 대한 분명한 지침을 알려주어야 합니다.

그리고 이를 어길 때는 교육적인 처벌이 필요합니다. 귀엽다고 아이에게 질질 끌려 다니는 부모가 된다면, 이것은 부모로서의 직무유기이고 아이는 훗날 반드시 불행한 사람 혹은 주위를 불행하게 만드는 사람이 될 것입니다.

제가 아버지로부터 받은 규범 교육의 사례 하나를 소개하도록 하겠습니다.

초등학교 고학년 시절, 저에겐 도벽이 있었습니다. 아버지 주머니에서 상습적으로 돈을 훔쳤습니다. 훔친 돈을 장판 아래에 감추어 두었습니다. 장판이 불룩해질 때까지 아버지는 눈치를 못 채셨습니다. 그러다 마침내 그것이 적발되었고, 아버지는 가죽으로 된 허리띠를 빼내어 저를 때리셨습니다. 저는 맞으면서 나쁜 짓을 하다가 들켰으니 맞는 것이 당연하다고 생각했고, 아버지에 대한 원망스런 마음은 전혀 들지 않았습니다.

한참을 맞고 나서 저의 도벽은 깨끗이 사라졌습니다.

아버지가 저에게 가한 딱 한 번의 체벌이었습니다.

다정하게 대하기

존재변화를 이룬 부모는 어떤 상황에서도 자녀에게 폭발적인 분노를 표출하지 않습니다. 자녀가 어떤 잘못을 범하더라도 그것을 깊이 이해하며, 규범을 가르쳐주되 화를 내지는 않습니다. 그는 늘 다정하게 자녀를 대합니다. 제 아이가 어렸던 시절, 아버지로서 부족한 점이 많았던 제가 범했던 잘못 하나를 고백하겠습니다.

아들 성완이가 여섯 살 무렵, 저는 미국 유학생이었습니다. 아이의 이가 많이 흔들렸는데, 겁이 많은 성완이는 한사코 입을 벌리지 않았습니다. 건드리기만 하면 빠질 정도가 되었는데도 입을 열지 않아 이빨을 뽑을 수 없었고, 그때 이미 저는 화가 단단히 나 있었습니다.

성완이가 막무가내로 입을 열지 않는 바람에 아내와 저는 아이를 데리고 치과에 갔습니다. 미국은 의료비가 너무 비싸서, 가난한 유학생인 저희 가족이 4년 동안 병원을 출입한 것은 그때가 유일했습니다. 그런데 거기서도 성완이는 막무가내로 입을 벌리지 않고 울어 대기만 했습니다. 결국 아내와 저는 포기하고 집으로 돌아왔습니다. 저는 머리끝까지 화가 났습니다. 집으로 돌아와서도 여전히 입을 벌리지 않고 울어대는 아이를 저는 우산대가 휘어질 만큼 힘껏 갈겼습니다.

성완이는 단지 무서웠을 뿐입니다. 무서워하는 아이에게 화를 내고 매질을 했으니, 이것은 부모로서 제가 범한 큰 잘못이라 하겠습니다. 이렇게 존재변화를 이루지 못한 부모는 자녀의 마음에 큰 상처를 남기게 됩니다.

스스로 성장할
기회

아이는 자라면서 고통도 겪고 실패도 하고 시행착오도 경험하겠지만, 사실은 이 모든 것들이 아이의 진정한 성장에 꼭 필요한 것입니다. 존재변화를 이룬 사람은 자녀가 고통을 겪으면서 스스로 성장할 수 있도록 지켜봅니다. 부모는 자녀의 인생 설계사가 되어서는 안 됩니다. 또한 부모는 아이가 직면한 문제를 대신 해결해주어서도 안 됩니다. 이것은 결국 아이가 성장할 수 없게 만듭니다.

그런 아이는 나이를 먹어서도 몸만 컸지 모든 것을 부모에게 의존하는 아주 불행한 사람이 되고 맙니다. 자녀 스스로 인생을 경험할 수 있는 기회를 주는 것, 때로는 고통을 겪고 스스로 이것을 이겨내는 것을 지켜보는 것, 이것이 부모의 역할입니다. 부모는 자녀의 인생을 대신 살아줄 수 없을 뿐만 아니라 대신 살아주어서도 안 됩니다.

본이 된다는 것

부모가 자녀에게 키워줘야 할 중요한 능력은 어떤 것이 있을까요?

감사할 수 있는 능력, 자신을 사랑할 수 있는 능력, 상대방을 배려할 수 있는 능력, 친구나 윗사람을 존경할 수 있는 능력, 다른 사람의 허물이나 단점을 덮어줄 수 있는 능력 등이 그것입니다.

이런 능력은 이론을 배운다고 해서 습득되는 것이 아닙니다. 부모가 일상의 모든 것에 감사하는 모습을 지켜보면서, 아이는 자기도 모르는 사이에 감사할 수 있는 능력을 갖게 됩니다. 부모가 스스로를 사랑하는 모습을 지켜보면서, 아이 역시 자신을 사랑하게 됩니다. 부모가 다른 사람들을 배려하는 모습을 지켜보면서, 아이는 배려할 줄 아는 사람이 됩니다.

이런 능력을 상속해주는 것, 이것이야말로 부모가 자녀에게 물려줄 수 있는 최고의 유산입니다.

관심의 끈을
놓아야 할 때

자녀가 어릴 때는 부모가 자녀에게 관심을 기울이는 것이 자연스럽고 필수적입니다. 그리고 자녀가 성장함에 따라 부모의 관심은 점점 덜 필요해집니다. 그러나 많은 부모들, 특히 어머니들은 부모로서의 역할이 자신의 정체성이 되는 경우가 많습니다. 그래서 자녀가 성장해도 관심의 끈을 놓지 않는 경우가 많습니다.

건조한 환경을 좋아하는 화초에게 매일 물을 듬뿍 주면 화초는 뿌리가 썩어 죽을 수밖에 없습니다. 마찬가지로 이제는 다 커서 관심을 주지 않아도 괜찮은 자녀에게 계속 지나치게 관심을 기울이면 그것은 자녀의 성장과 발전에 해악이 됩니다. 그래서 존재변화를 이룬 사람은 자녀가 장성하면 더 이상 자녀에게 관심을 기울이지 않으며, 자신의 관심을 필요로 하는 부모님이나 불우한 이웃에게 관심을 기울입니다.

낳았으되 소유하려
하지 않음

노자는 말씀하셨습니다. "낳았으되 소유하려 하지 않습니다." 또 말씀하셨습니다. "길렀으되 주재하려 하지 않습니다."

오래전에 '내 인생은 나의 것'이란 노래가 유행한 적이 있습니다. 부모의 끊임없는 간섭에서 해방되고 싶은 자녀의 마음을 담은 노래였던 것 같습니다. '내 인생이 나의 것'인지는 의문스럽지만, '네(자녀) 인생이 나의 것이 아님'은 분명한 것 같습니다.

'난 널 낳아주고 길러주었어. 난 너에게 무엇이 필요한가를 잘 알아. 난 네가 어떤 길을 걸어가는 것이 가장 좋을지를 알고 있어.' 만일 여러분이 이런 생각을 갖고 있는 부모라면, 지구상의 모든 생명을 낳아주고 길러준 땅과 하늘이 이런 생각을 갖고 있는지 물어보십시오.

아직 성장하고 있는 자녀는 조언해줄 사람이나 의논할 상대가 필요합니다. 하지만 자신의 인생을 남이 설계해주거나 무언가를 강요

받길 바라지는 않습니다. 뿐만 아니라 만일 부모가 그렇게 한다면 자녀는 고통에 빠지고 부모자식 관계는 파탄에 이를 것입니다.

자녀를 마마보이로 키우고 싶다면, 자녀에게 고통을 주고 싶다면, 자녀와의 관계를 파국으로 몰아가고 싶다면, 끝없는 감시, 간섭, 강요는 아주 효과적인 방법일 것입니다. 하지만 자녀가 훌륭한 사람으로 성장하고 행복하길 바란다면, 자녀와의 깊은 사랑의 관계를 키워가고 싶다면, 이것은 정말 큰 어리석음입니다.

자녀에게 스스로 자신의 미래를 생각하고 결정할 수 있는 자유를 주십시오. 자녀에게 실수를 하고, 실수를 통해 배우고 성장할 수 있는 기회를 주십시오. 자녀에게 깊은 믿음과 사랑을 주십시오.

저를 자유롭게 키워주셨던 아버지의 일화를 하나 이야기를 해보겠습니다.

고등학교 1학년이 되었을 때, 저는 집을 떠나 자유롭게 지내고 싶은 욕구를 강하게 느꼈습니다. 겨울방학이 되자 저는 지리산 화엄사에 가서 머물고 싶다고 아버지께 말씀드렸습니다. 당시 대구에서 지리산까지는 길이 험하고 멀어 '어리고 귀한 아들'을 두 달이나 혼자 떠나보내는 것이 쉽지 않은 일이었습니다.

그런데 아버지는 허락해주셨습니다. 저는 화엄사에서 많은 고전을 읽었고, 온 산을 돌아다니며 행복한 두 달을 보냈습니다. 저에겐 진정한 성장이 이루어진 중요한 시기였습니다. 저에게 자유와 깊은 믿음을 주셨던 아버님께 지금도 큰 감사를 느낍니다.

결대로 키워주기

제 조카들 중 한 아이의 안타까운 이야기입니다. 어렸을 때 그 아이
는 착하고 듬직해서 제가 좋아했습니다. 그 아이는 성격이 내성적이
었는데, 그 아이의 아빠는 '사교적이고 적극적인 성격이 좋다'는 생
각을 갖고 있었습니다. 사실은 그 아빠 역시 원래 상당히 내성적인
성격이었는데, 자신의 성격을 바꾸기 위해 열심히 노력했습니다. 그
런데 문제는 여기에 그치지 않고 자기 아들의 성격까지 바꾸려고 적
극적으로 나섰다는 점이었습니다.

그 결과는 파국적인 것이었습니다. 아이는 자신감을 잃고 불행해
졌습니다. 이것은 부모의 무지가 얼마나 큰 불행을 낳을 수 있는가
를 적나라하게 보여주는 사례입니다.

'아이가 타고난 결대로 키워주기', 이것은 자녀교육의 철칙입니다.
존재변화를 이룬 사람은 자녀를 있는 그대로의 모습대로 긍정합니

다. 아이가 장애를 갖고 태어났을 수도 있고, 지능이 떨어질 수도 있습니다. 아이의 외모나 성격이 부모 마음에 들지 않을 수도 있습니다. 자녀가 어떤 모습이든, 그는 자녀의 있는 그대로의 모습을 긍정합니다. 그의 긍정은 자녀가 자신의 모습에 대한 긍정의 힘을 키울 수 있게 돕고, 자녀는 건강하고 좋은 느낌을 주는 사람으로 성장할 것입니다.

접시 돌리기

존재변화를 이룬 사람은 자녀가 필요로 하는 도움을 줍니다. 자녀에게 격려가 필요할 때는 격려를 주고, 꾸지람이 필요할 때는 꾸지람을 주며, 조언이 필요할 때는 조언을 주고, 용서가 필요할 때는 용서를 주며, 사랑이 필요할 때는 사랑을 줍니다.

부모가 자녀에게 도움을 준 감동적인 실화를 하나 소개하겠습니다. 심한 자폐증에 걸린 아이의 아빠였던 베리 닐 카우프먼의 《아들 일어나다》라는 책에 실린 내용입니다.

아이는 태어나면서부터 심한 자폐증을 앓았습니다. 자폐증의 정도가 너무 심해 병원에서는 포기하는 것이 좋겠다고 말했습니다. 하지만 아빠와 엄마는 포기하지 않았습니다. 아이는 자라면서 하루 종일 접시를 돌렸습니다. 엄마와 아빠는 아이 곁에 앉아 아무 말도 없이 하루 종일 접시를 돌렸습니다. 다음 날도, 또 다음 날도, 엄마와 아빠는 아무 말 없이 아이 곁에 앉아 접시를 돌렸습니다. 아이의 두 누나도 시간이 나는 대로 아이 곁에 앉아 함께 접시를 돌렸습니다. 그들은 아이가 할 수 없는 것을 요구하지 않고, 아이의 세계 속으로 들어간 것입니다.

아주 많은 날이 지나고 나서, 아이는 아빠를 향해 미소 지었습니다. 그가 자신을 믿고 기다려준 아빠와 엄마 그리고 두 누나가 있는 바깥 세계를 향해 처음으로 마음을 연 것이었습니다. 엄마와 아빠는 아이가 '닫혀 있는 자신만의 세계'를 벗어나는 일이 얼마나 어려운 일인가를 알고 있었습니다. 그래서 아이가 아빠를 향해 미소를 짓는 순간 가슴 벅찬 감격을 느꼈습니다. 이후에도 여러 번의 위기가 찾아왔지만 아빠와 아들은 깊은 믿음으로 어려움을 극복했습니다. 마침내 아이는 자신과 세계를 사랑하는 훌륭한 청년으로 성장했습니다.

함께하는 기쁨

제가 대학교수가 되었을 때, 아들 성완이는 유일하게 박탈감을 느꼈습니다. 오랜 시간강사 시절, 긴 방학 때면 마땅히 갈 곳도 없고, 할일도 없어 성완이와 함께 많은 시간을 보냈습니다. 무협비디오 시리즈를 수십 개씩 빌려 밤늦게까지 함께 보기도 했고, 절에 가서 오래 머물며, 목욕을 함께 다니고 자장면을 먹으러 다니기도 했습니다. 가장 기억에 남는 여행은 둘이서 떠난 강원도 겨울여행이었습니다. 그땐 돈이 없어서 값싼 여관에 머물고, 음식도 값싼 것을 먹었는데, 그래도 우린 많이 행복했습니다. 성완이와 제 가슴 속에 담겨 있는 소중한 추억입니다.

존재변화를 이룬 사람은 그의 존재가 자녀에게 기쁨이고 행복입니다. 부모와 자녀가 함께함이 자유롭고 즐겁습니다.

그들은 많은 것을 함께합니다. 함께 여행을 즐기고, 함께 많은 대화를 나누며, 서로에 대해 깊은 관심을 기울이고, 함께 음악을 들으며, 함께 텃밭을 가꾸고, 함께 산책합니다.

그들은 삶을 함께 하고, 상대방의 존재에 깊이 감사하며, 행복해합니다.

효도의 즐거움

효도란 무엇일까요? 부모님을 사랑하는 것입니다. 효도는 어렵습니다. 멀리 떨어져 있는 누군가를 관념적으로 사랑하는 것은 쉽지만, 한 지붕 밑에서 자신과 다른 사고방식, 가치, 생활방식을 갖고 있고, 또 끊임없이 간섭하는 부모님을 사랑하는 것은 어렵습니다.

효도는 부모님이 하시는 이야기를 즐겁게 들어드리는 것입니다. 어떤 말씀은 여러 차례 반복된 것이고, 어떤 말씀은 앞뒤가 맞지 않지만, '내가 관심을 갖고 들어드리는 것을 부모님이 즐거워하시니 들어드리는 것', 이것이 효도입니다. 서울에 사는 제 다섯째 누님은 매일 어머니께 전화를 걸어 1시간 정도씩 어머니 이야기를 들어드렸고, 또 자기 주변 이야기도 빠짐없이 들려드렸습니다. 어머니의 하루 중에서 이 1시간은 광채 나는 시간이었습니다.

효도는 부모님을 자주 찾아뵙는 것입니다. 부모님은 심심할 때가 많으시기 때문입니다. 대구에 사는 제 누님들 세 분은 부모님을 자주 찾아뵈었습니다. 특히 바로 이웃 아파트에 사는 셋째 누님은 잠깐이라도 틈만 나면 집에 있는 무엇을 들고 찾아와 어머니께 기쁨을 선물했습니다.

효도는 부모님의 쑤신 몸을 정성껏 주물러드리는 것입니다. 노인이 되면 평소에도 몸이 쑤실 때가 많습니다. 제 마음공부의 목표는 효자가 되는 것이었는데, 저는 어머니가 돌아가시기 보름 전에야 목표에 완전히 도달했습니다. 그날 이후 어머니가 돌아가시는 날까지 저는 정성을 다해 어머니의 몸을 주물러드렸습니다. 어머니는 병환이 깊은 와중에도 제가 주물러드리면 기뻐하셨습니다.

효도는 부모님이 병원에 가실 때 꼭 모시고 가서 시중을 들어드리는 것입니다. 노인이 되면 병원 출입이 잦아집니다. 노인 혼자 가시면 여러 가지로 불편을 겪으셔야 합니다. 대가족인 우리 집에선, 아내, 제수님, 대구 누님들이 수고가 많으셨습니다. 특히 아내는 진료실 안에까지 들어가 어머니 손을 잡아드리고 시중을 들어드렸습니다.

효도는 부모님과 함께 여행을 하며 좋은 곳을 구경시켜드리는 것입니다. 특히 셋째 자형과 누님은 전국 방방곡곡 좋다는 곳이면 어디든 어머니를 모시고 다녔습니다. 팔십이 넘으신 어머니를 모시고 우리 8남매 모두와 자형들이 함께 했던 필리핀 여행이 기억에 남습니다. 어머니는 무척 즐거워하셨습니다.

효도는 부모님께 맛난 것을 대접해드리는 것입니다. 30년이나 어머니를 모시고 살았던 아내는 시장에 가면 어머니가 좋아하시는 것이 가장 먼저 눈에 띈다고 했습니다. 대구 누님들 세 분은 자신이 맛난 것을 먹고 나면 꼭 어머니를 모시고 가서 사드렸습니다.

효도는 형제들이 화목하게 지내는 것입니다. 어머니가 제일 즐거워하셨던 것은 우리 형제들이 둘러앉아 화기애애하게 고스톱 치는 것을 뒤에서 구경하시는 것이었습니다. 효도 차원에서만 그렇게 자주 모여 고스톱을 친 것은 아니었지만, 효도 차원에서도 그렇게 했습니다.

효도란 부모님께 용돈을 자주 많이 드리는 것입니다. 부모님께 드리는 용돈은 자기 형편에 비해 좀 과하다 싶게 드려야 합니다. 우리 8남매는 부모님께 정기적으로 용돈을 드렸고, 특히 아우는 장사가 어려울 때도 꼭 많은 용돈을 드렸습니다.

효도는 즐겁습니다.

부모님의 단점

우리와 마찬가지로 부모님은 많은 허물을 갖고 계십니다. 어머니를 모시고 사는 저에겐 어머니가 갖고 계신 허물이 눈에 많이 띄었습니다. 그중 제일 힘들었던 것은 남녀차별 의식이었습니다. 딸 여섯을 낳고 아들인 저를 놓으신 어머니는 그 시대 분들 중에서도 남녀차별 의식이 심하셨고, 또 아내에게는 '아들을 빼앗겼다.'는 무의식도 있어서, 어머니와 함께하는 가족생활에서 '어머니가 아내를 공격하는 것'이 가장 힘든 부분이었습니다.

마음공부를 하기 전에 저는 화를 냈고, 화를 내면 어머니는 상처를 입으셨습니다. 그래서 가족생활은 더 힘들고 고통스러워졌습니다. 하지만 마음공부를 시작하면서, 변화가 시작되었습니다. 저에게 온 새로운 이해는 '어머니는 어쩔 수 없이 그렇게 하신다.'는 것이었습니다. 어머니는 남녀차별 의식을 갖고 싶어서 갖게 되신 것이 아니고, 아들을 빼앗겼다는 무의식 역시 어쩔 수 없이 갖게 되셨습니다. 그런 생각들 때문에 아내와 저에게 고통을 주시지만, 어머니 스스로도 고통 받고 계심을 알게 되었습니다. 마음공부를 하면서 저는 '어머니 스스로도 피해자다.'라는 것을 이해했습니다.

'어쩔 수 없이 고통을 주고 스스로도 고통 받는 어머니', 이것은 특별한 것이 아니라 대부분의 현대인들이 빠져 있는 늪입니다. 석가모니께서는 이런 윤회 속의 삶을 살아가는 사람을 중생이라 하셨습니다. 이런 새로운 이해가 생겨나자 어머니가 가엾게 느껴지기 시작했고, 어머니의 허물을 용서할 수 있게 되었습니다.

'무거운 짐을 어깨에 지고, 상대편을 고통스럽게 하고, 스스로도 고통스러운 삶을 살아가고 계시는 가엾은 어머니!'

우리 자신과 마찬가지로 부모님도 많은 허물을 갖고 있습니다. 우리 자신의 허물도, 부모님의 허물도, 남김없이 용서해야 합니다.

이것이 부모님에 대한 효도입니다.

부모님은 요즘

마음속에 이런 질문을 더 자주 떠올리세요.

부모님은 요즘 잘 지내고 계신가?

행복하신가?

편찮으신 곳은 없으신가?

걱정거리는 없으신가?

온화한 낯빛

《논어》를 배우다가 눈물을 흘린 적이 있습니다.

자하가 "효란 무엇입니까?" 하고 물었습니다.
공자가 "낯빛을 온화하게 하는 것이 어렵다." 하고 대답하셨습니다.

자하는 강직하고 의로웠지만 온화함이 부족했습니다. 그래서 때로 좋지 않은 낯빛을 보이며 부모님의 심기를 불편하게 해드렸습니다. 저 역시 같은 단점을 갖고 있어서, 눈물이 흘렀던 것입니다.

더 깊이 공경하기

가장 맛난 음식은 자녀에게 주지 말고 부모님께 드립니다.

가장 좋은 옷은 자녀에게 입히지 말고 부모님께 선물합니다.

가장 좋은 곳은 자녀를 데려가지 말고 부모님을 모시고 갑니다.

자녀에게 줄 용돈을 아껴 부모님께 용돈을 많이 드립니다.

자녀에게 전화하지 말고 부모님께 전화를 드립니다.

그러나 우리가 부모님께 드릴 수 있는 가장 큰 선물은 감사와 존경입니다. 우리를 낳아주시고 온 정성을 다해 길러주셨음에 감사하고 감사하고 또 감사하세요. 그리고 공경하고 공경하고 더 깊이 공경하세요.

아내

저는 인생에서 많은 선물을 받았지만, 그 첫째는 아내입니다.

제 나이 스물네 살, 군입대를 앞둔 대학원생 신분이었음에도 아내는 선뜻 저의 프러포즈를 받아주었습니다. 박사학위를 받고 나서 7년 반 동안 취직을 못해 어려움을 겪었는데, 평소에 화를 잘 내는 아내가 7년 반 동안 한 번도 저에게 화를 내지 않았습니다.

아내는 30년 가까이 어머니를 모시고 살았습니다. 어머니가 아내를 많이 힘들게 하셨지만, 아내는 시장에 가면 어머니가 좋아하시는 것에 먼저 눈이 갔습니다.

결혼 후 긴 세월이 흘렀지만, 아내는 언제나 저에게 감동을 줍니다. 꺼풀이 하나씩 벗겨질 때마다 아내의 새로운 아름다움을 발견하면서, 오늘도 감사의 기도를 드립니다.

Part 5

인생은 무엇으로 완성되는가?

《노자》에 아래와 같은 구절이 나옵니다.
"덕이 풍부한 사람은 비유하자면 갓난아기와 같습니다.
뱀, 전갈, 벌레, 뱀이 물지 않고, 사나운 새나 맹수도 덤벼들지 않습니다."
존재변화를 이룬 사람은
갓난아기처럼 어떤 험난한 외부 상황(뱀, 전갈, 벌레, 뱀, 사나운 새, 맹수)도
그를 해칠 수 없음을 설명한 것입니다.
그는 마음에 떠오르는 생각, 감정, 느낌이 자신이 아님을 압니다.
자신의 몸이 자신이 아님을 압니다.
자신의 소유나 소비, 직업 등이 자신이 아님을 압니다.
자신의 성격, 지식, 외모 등이 자신이 아님을 압니다.
그래서 그는 이 모든 것에서 자유로운 가운데, 삶의 즐거움을 누립니다.

20년 된 자동차

제 차는 1996년식 아반떼로 20년 가까이 된 낡은 차입니다.

어느 날 밤, 차에 불이 날 뻔했습니다. 에어컨에서 찬바람이 나오지 않아서 살펴보니 온도계가 붉은 선을 넘었습니다. 근처에 문 닫은 카센터가 있어서 일단 거기에 차를 세워두고 집에 왔습니다. 그런데 신기하게도 예전과 달리 짜증이 나거나 당황스럽지 않았고, 그냥 일어난 일에만 대처했습니다.

다음 날 아침 카센터에 전화했더니 라디에이터 팬이 고장 났다고 했습니다. 제일 싼 부품으로 차를 고쳤습니다. 이렇게 갑작스런 차 고장은 제 삶과 마음에 아무런 흔적도 내지 않고 지나갔습니다.

대순의 의미

'사랑의 사회학' 수업에 한 학생이 제출한 자신의 어머니 이야기입니다.

그 학생의 어머니는 일찍 출근하고 밤늦게 귀가하는 힘든 직장생활을 하고 계십니다. 그런 어머니에게 학생의 할머니는 끊임없이 잔소리와 간섭을 하십니다.

"아침에 좀 더 일찍 일어나 식구들 밥 좀 잘 챙겨줘라." "좀 일찍 퇴근할 수 없니?" "회식자리에는 빠져라." "전깃불 좀 꺼라." 등등. 할머니는 어머니에게 끊임없이 잔소리와 참견을 하셨지만, 어머니는 한 번도 할머니에게 대들거나 싫은 내색을 보이지 않으셨습니다. 뿐만 아니라 자녀들에게도 이렇게 말씀하셨다고 합니다.

"할머니가 저렇게 말씀하시는 것은 다 우리를 위해서야. 할머니 말씀을 깊이 새겨듣고 따르도록 해라."

그 학생의 어머니는 할머니의 간섭과 잔소리에 저항하지 않았습니다. 그래서 할머니의 간섭과 잔소리에 상처받지 않으셨습니다. 또한 남편과 자녀들에게도 할머니에 대한 증오심이나 고통이 생겨나지 않았습니다. 대순大順의 도를 체득하고 계신 어머니 덕분에, 할머니의 끊임없는 간섭과 잔소리 속에서도 가족 모두가 평화롭고 행복한 생활을 영위할 수 있었습니다.

자족

알렉산더 대왕이 디오게네스에게 물었습니다.

"당신에게 무엇을 해주길 바라오?"

디오게네스는 이렇게 대답했습니다.

"햇빛을 가리지 말고 조금만 비켜서주세요."

디오게네스는 속으로 생각했습니다.

'끝없는 갈증에 목 타는 가난뱅이 알렉산더가 부족한 것이 없는 부자인 나에게 무얼 베풀어줄 것인가를 묻다니, 어처구니가 없군….'

반면 난생 처음 알렉산더는 부러움을 느꼈습니다.

지금 여기뿐

풀은 세상이 자신을 중심으로 돌아가기를 원하지 않습니다. 풀은 자신의 고통과 기쁨에 세상이 관심을 가져주기를 바라지 않습니다. 풀은 최선을 다해 싹을 내고, 꽃을 피우며, 열매를 맺지만, 아무런 두드러짐 없는 평범한 자신의 처지를 불평하지 않습니다.

지나가는 사람이 자신을 바라보면서 예쁘다며 탄성을 지르기도 하고, 초라하다며 혹평하기도 하지만, 풀은 그런 칭찬과 비난을 그 사람들의 몫으로 돌릴 뿐 거기에 반응하지 않습니다.

교정을 산책했습니다. 연못에서 헤엄치고 있는 금붕어를 한참 쳐다보았습니다. 평생을 작은 연못 속에서 단조롭게 살아가지만, 연못에 갇혔다는 생각도, 단조롭고 지루하다는 생각도 없이, 금붕어는 그냥 '지금 여기'에 머물며, 유유자적하게 헤엄치고 있었습니다.

따뜻한 미소

존재변화를 이룬 사람은 '지금 여기'에 깊이 머물며, 일상의 모든 것에 깨어 있고, 일상의 모든 것에 감사하며, 일상의 모든 것을 즐깁니다. 그래서 그는 무척 바쁩니다.

그에겐 심각한 일이 없습니다. 자신이 하고 있는 일, 자신의 신념, 마음속에 떠오르는 갖가지 생각이나 감정, 일어난 상황, 심지어 늙음과 죽음까지도 그에겐 심각하지 않습니다. 어떻게 그럴 수 있을까요?

그는 이 모든 것이 그냥 하늘에 잠시 생겼다 사라지는 구름과 같은 것임을 알고 있기 때문입니다. 그냥 바다에 잠시 생겼다 사라지는 파도와 같은 것임을 알고 있기 때문입니다. 그래서 그는 모든 것에 대해 미소 짓습니다.

운전을 하는데 보조석에 탄 친구가 끊임없이 혼자서 콧노래를 부릅니다. 그 소리에 신경이 거슬리고 짜증이 울컥 올라옵니다. '짜증이 울컥 올라오는 앙증스런 나'를 향해 따뜻한 미소를 보냅니다.

시험시간을 놓쳤다고 학생들에게서 전화가 왔습니다. 화가 벌컥 솟습니다. '화가 벌컥 솟아오르는 매력덩어리 나'를 향해 따뜻한 미소를 보냅니다.

앞에 가던 차가 방향등도 켜지 않고 휙 끼어듭니다. 마음속으로 온갖 욕설을 퍼붓습니다. '온갖 욕설을 퍼부어대는 욕쟁이 나'를 향해 따뜻한 미소를 보냅니다.

꿈에서 깨어나

'허공에 칼질하기'를 멈추고, '허공에 칼질하는 나'를 보며 웃습니다.

'집착하기'를 멈추고, '집착하는 나'를 보며 웃습니다.

'내가 옳다고 생각하기'를 멈추고, '내가 옳다고 생각하는 나'를 보며 웃습니다.

'분노하기'를 멈추고, '분노하는 나'를 보며 웃습니다.

'두려워하기'를 멈추고, '두려워하는 나'를 보며 웃습니다.

'이익 계산하기'를 멈추고, '이익 계산하는 나'를 보며 웃습니다.

'저항하기'를 멈추고, '저항하는 나'를 보며 웃습니다.

'우울하기'를 멈추고, '우울한 나'를 보며 웃습니다.

'늙어감에 한탄하기'를 멈추고, '늙어가는 나'를 보며 농담 한마디 던집니다.

이렇게 웃음 짓는 순간, 저는 꿈에서 깨어나 실재하게 됩니다.

슬픔을 넘어선 존재

2005년 여름, 저는 틱낫한 스님이 운영하는 자두마을을 방문했습니다.

그의 목소리는 마치 음악과 같았습니다. 지금도 스님 강연 중 한 구절이 떠오릅니다.

"나비야, 나비야, 너는 어디에서 왔니?"

스님은 늘 미소 지으라고 말씀하셨습니다. 스님의 책 《평화로움》에는 이런 이야기가 적혀 있습니다.

어느 날 한 젊은 여성이 틱낫한 스님께 물었습니다.

"제가 슬픔으로 가득 차 있는데 어떻게 강제로 미소를 지을 수 있습니까? 그것은 자연스럽지 않습니다."

그러자 틱낫한 스님은 이렇게 대답했습니다.

"당신은 당신의 슬픔에 대해 웃음 지을 수 있어야 합니다. 왜냐하면 우리는 슬픔을 훨씬 넘어선 존재이기 때문입니다."

행복하게 걷는 법

대학교 3학년 때, 광화문에서 데모를 하다 연행되어 성북경찰서에서 보름 동안 심문을 받았습니다. 어느 날 심문하는 형사 책상 위에서 잠을 자고 나서, 이른 아침에 창밖을 보았습니다. 하얀 교복을 입은 여고생이 책가방을 들고 걸어가고 있었습니다. 자유롭게 걸어가는 여고생의 모습이 무척 아름답고 행복해 보였습니다. 저는 다짐했습니다.

'나도 나중에 저렇게 행복하게 걸어 다녀야지.'

그러나 다짐은 금방 깨어졌습니다. 저는 때론 불행하게, 때론 심각하게, 때론 초조하게, 때론 목적지를 향해 바삐 걸음을 옮겼습니다. 저의 다짐이 실천에 옮겨진 것은 그로부터 30년의 세월이 흐른 뒤였습니다.

자두마을에 도착한 날, 저는 '한 걸음 한 걸음에 온 마음을 기울여 행복하게 걷는 방법'을 배웠습니다. 이때부터 저는 걷는다는 것의 경이로움을 느끼면서, 발바닥에 와 닿는 대지의 감촉을 느끼면서 걸을 수 있게 되었습니다.

　　강의 시작 6~7분 전에 저는 연구실에서 출발합니다. 저는 천천히 한 걸음 한 걸음을 즐기면서 강의실까지 걸어갑니다. 어쩌면 저는 강의실까지 세상에서 가장 행복하게 걸어가는 교수일지도 모르겠습니다.

숨쉬기를
즐기다 보니

대학 시절 제가 좋아하던 형이 있었습니다. 그 형은 학생운동을 하다가 2년이나 옥살이를 했습니다. 형기를 마치고 나온 형에게 물어보았습니다.

"형, 지루했지?"

형이 대답했습니다.

"아니. 숨쉬기를 즐기다 보니 어느새 2년이 지나가버리데."

징역이 없는 형은 앉아서 하루 종일 숨쉬기를 즐겼다고 합니다. 그래서 감옥에서의 별명도 '태산부동'이었답니다.

해바라기

오전엔 집 안 깊숙한 곳까지 햇볕이 듭니다. 양지바른 곳에 앉아 햇볕을 쬡니다. 구름이 생겨났다 사라지는 것을 봅니다. 졸음이 와서 잠깐 좁니다. 이런 생각이 듭니다.

'이보다 더 좋을 순 없다!'

혼을 담은 노동

4대를 이어 초밥을 만드는 일본의 어느 초밥집에 관한 다큐멘터리를 보았습니다. 사장은 아침 일찍 지하철을 타고 출근합니다. 초밥에 사용할 쌀을 꼼꼼하게 고릅니다. 시장에 가서 참치도 직접 골라서 삽니다. 그리고 온 정성을 기울여 초밥을 뭉칩니다. 손님들도 수십 년 동안 대를 이어 찾는 사람이 많았습니다. 초밥을 만드는 과정에서 그는 행복하며, 또한 손님이 맛있게 먹는 모습을 보며 깊은 만족을 느낍니다.

아무렇게나 말하기

저는 어려서부터 여러 사람 앞에서 말할 때 무척 긴장했습니다. 머릿속이 하얗게 되고, 당황해서 말을 더듬는 일이 많았습니다. 그런데 얼마 전부터 제가 말을 잘 못할 때 사람들이 재미있어한다는 것을 알았습니다. 이후로 저는 여러 사람 앞에서 말할 때, 마음 편히 아무렇게나 말할 수 있게 되었습니다.

새싹의 마음

젊은 시절엔 이루고자 하는 일이 있으면 바로 그것을 추구했습니다. 하지만 나이 들면서 생긴 새로운 마음은 '씨앗에서 움터 나온 새싹이 바위를 만나면 돌아가는' 마음입니다. 과거에는 제 앞에 바위가 나타나면 불평, 불만을 토로했습니다.

'왜 저 바위가 하필이면 내 앞길을 가로막는단 말인가!'

이제 저는 새싹의 마음을 배우려 합니다.

마음의 빈자리

마음에 욕심이나 집착이 사라지면, 아름다운 자연이 들어올 수 있는 빈자리가 생겨납니다. 구름, 별, 하늘, 노을, 아름다운 산길, 졸졸 흘러가는 계곡물, 이름 모를 작은 풀, 싱그러운 공기가 모두 마음 안으로 들어옵니다. 문득 이런 의문이 듭니다.

'어떻게 내가 지금까지 이렇게 멋진 것들에 무관심할 수 있었던 것일까?'

하늘은 매일 매 시간 황홀한 우주쇼를 보여줍니다. 소나기가 그치고 나서 하늘을 떼 지어 나는 잠자리의 날갯짓을 구경하는 것도 즐겁습니다. 깊은 밤 달빛에 드러난 앙상한 겨울 가지의 아름다움을 즐깁니다. 가을날 벌레 먹은 채 물든 벚나무 잎도 아름답습니다.

난 멋쟁이

화장실에서 거꾸로 놓여 있는 신발을 바로 돌려놓고 신으면서 생각합니다.

'아이 참! 난 신발도 참 잘 신네!'

땅콩을 맛나게 먹으면서 생각합니다.

'아이 참! 난 땅콩도 참 잘 먹네!'

어머니에게 인사를 드리며 생각합니다.

'아이 참! 난 인사도 참 잘 하네!'

운전을 해서 퇴근하면서 생각합니다.

'아이 참! 난 운전도 참 잘해!'

공자의 유머

사랑이 인생이란 자동차를 굴리는 기름이라면, 유머는 윤활유입니다. 유머는 오만함의 바람을 빼고, 위축된 마음에 용기와 기운을 북돋웁니다. 존재변화를 이룬 사람에겐 모든 것이 웃음거리입니다.

많은 사람들이 근엄한 분으로만 기억하지만, 공자는 실상 제자들과의 농담을 즐기셨습니다. 특히 자로와 자공을 상대로 농담을 많이 하셨는데, 자공과의 문답 하나를 소개하겠습니다.

자공은 천재적인 제자였습니다. 공자는 자공의 재기가 너무 뛰어나서, 재주가 덕을 넘는 것을 우려했습니다. 그래서 자공의 오만할 수 있는 마음에 일침을 가하는 농담을 던지시곤 했습니다. 공자는 자공에게 함정 질문을 던집니다.

"자공아, 너는 너와 안회, 둘 중에서 누가 뛰어나다고 생각하느냐?"

이런 스승의 질문에 누가 자신이 더 낫다고 대답하겠습니까? 자공은 이렇게 대답합니다.

"제가 어찌 감히 안회를 따를 수 있겠습니까? 안회는 하나를 들으면 열을 알고, 저는 하나를 들으면 둘을 알 뿐입니다."

오만한 제자에게서 '자신이 못하다'는 실토를 받아낸 공자, 그는 속으로 깔깔 웃으면서 짓궂게도 이렇게 못을 박습니다.

"자공아, 네가 안회만 못하다. 나는 네가 안회만 못하다는 대답이 옳음을 인정한다."

천재 제자 자공에게 던진 이 비꼼은 그에게 약이 되었습니다. 위대한 스승이었던 공자는 제자가 자신의 영민함에 대한 오만의 덫에 빠지는 것을 경계했던 것입니다. 자공은 이런 핀잔 뒤에 감춰져 있는 스승의 사랑을 잘 알고 있었고, 누구보다도 스승을 깊이 존경했답니다. 공자 사후, 다른 제자들은 부모의 예로 3년 동안 묘를 지켰는데, 자공은 3년을 더해 6년 동안 스승의 묘를 지켰습니다.

방귀 소리

아주 오래 전에 본 어느 시트콤 드라마의 한 장면입니다.

50대 여주인공은 출가한 친구를 찾아갑니다. 출가한 친구는 '나는 누구인가?'에 대한 답을 얻기 위해 출가했다고 말합니다. 이 말이 여주인공의 마음에 와 박힙니다. 절에서 돌아온 여주인공은 계속 질문을 던집니다.

'나는 엄마일까? 나는 아줌마일까? 나는 고객일까?'

밤중에도 여주인공은 잠을 못 이루며 이 문제와 씨름합니다.

그때 옆에서 잠을 자던 남편이 '뿌우웅~!' 하고 커다란 소리로 방귀를 뀝니다.

즐거운 식사

오랜만에 학생들과 함께 식사를 했습니다. 2시간 30분 동안 식당에 머물면서, 같은 말을 되풀이하고, 또 되풀이하고, 그리고 또 되풀이하면서, 저 혼자만 즐거운 저녁식사를 했습니다.

때밀이
아줌마의 일생

언제나와 같이 어머니와 마주 앉아서 은행을 깠습니다. 저는 홍당무 주스 한 모금에 은행 한 알을 먹으며 어머니의 이야기를 '저항하지 않고 듣는' 연습을 했습니다. 오늘 이야기의 주제는 어머니가 자주 가시는 단골 목욕탕의 '때밀이 아주머니의 일생'이었습니다.

'저항하지 말고, 저항하지 말고….'

속으로 다짐하며 묵묵히 듣고 있던 중, 제가 홍당무 주스를 마시느라고 때밀이 아주머니 이야기에 맞장구를 치지 않자, 주스가 목구멍을 통과하는 중인데도 어머니께서는 저의 응답을 재촉하시는 것이었습니다.

저항하는 마음이 울컥 일어났습니다.

불륜과 로맨스

운전 중에 차 한 대가 차선을 쏙 바꾸어 제 앞으로 끼어듭니다.

　'에이, 천하에 나쁜 놈! 그래, 네 놈이 그렇게 얍삽하게 운전해서 얼마나 빨리 가는지 보자!'

　앞차가 느릿느릿 갑니다. 마침 옆 차선에 조금 공간이 있네요. 재빨리 옆 차선으로 끼어들어 그 차를 추월합니다.

　'앞차가 너무 꾸물거리니까 아무래도 차선을 바꿔 가는 게 합리적이겠지!'

강요

'거짓 나'의 측면에서 볼 때 별로 가진 것도 없는 학생들에게,

'거짓 나'의 측면에서 볼 때 무척 많은 것을 갖고 있는 저는,

저 자신이 맹렬한 자아확장투쟁으로서의 삶을 살아가면서,

아이들이 자아확장투쟁으로서의 삶을 포기할 것을

입에 거품을 물고 강조하고 강요합니다.

수업준비

아내는 밤마다 다음 날 수업을 준비합니다. 그런 아내의 모습에 감동받은 저는 이렇게 결심했습니다.

'그래, 나도 수업준비에 혼을 쏟아야겠어!'

그래서 저도 다음 날 첫 수업인 '여가사회학' 수업을 정성을 다해 준비했습니다. 뿌듯한 마음으로 교실에 들어가 프로젝터를 켜고 어제 혼을 쏟아 준비한 자료를 띄웠습니다. 그리고 막 수업을 시작하려는 순간, 맨 앞자리에 앉은 여학생이 작은 목소리로 말했습니다.

"교수님, 지금 '사회심리학' 시간인데요."

"…!?"

생각의 폐쇄회로

공부모임 선생님들과 함께 여행을 하던 중, 정재걸 선생님이 불쑥 이렇게 말씀하셨습니다.

"홍 선생님은 '생각의 폐쇄회로'에 빠져 있는 것 같아요."

저는 청천벽력 같은 이 말에 놀라서, 다른 선생님들에게 반문했습니다. 그들의 강력한 부정을 기대하면서 말이지요.

"아니, 내가 정말 생각의 폐쇄회로에 빠져 있단 말인가요?"

모든 사람들이 거의 동시에 고개를 크게 끄덕였습니다.

신군자오락

5명의 공부모임 사람들이 20여 일을 함께 여행했습니다. 여행 중에 우리는 누구 한 사람이 자리를 뜨면 재빨리 뒤에서 그에 대해 수군 거렸고, 때론 앞에서, 때론 옆에서 상대방에 대한 험담을 즐겼습니다. 우리는 이것을 신군자오락新君子五樂이라고 이름 붙였습니다.

1. 뒤에서 수근 거리기-누군가가 자리를 비우면 즉각적으로 그 틈을 타서 그 사람을 헐뜯으며 즐거워한다.
2. 앞에서 험담하기-누군가의 면전에서, 그에 대한 험담을 하며 즐거워한다.
3. 옆에서 헐뜯기-누군가를 앞에 두고, 옆 사람과 그 사람에 대한 험담을 하며 즐거워한다.
4. 1과 2의 조합-면전에서 험담을 하다가, 자리를 비우면 뒤에서

험담하며 즐거워한다.

5. 까발리기-조금 전에 누군가가 '뒤에서 험담했던 내용'을 곧바로 까발리며 즐거워한다.

오랜 시간을 함께 여행하면서, 우리들은 신新군자로서의 체통을 지키며, 군자로서의 행실에 한 치의 어긋남도 없이 행동하려 노력했습니다. 각고의 노력 끝에 우리 모두는 당당한 신군자로 재탄생했으며, 여행은 끊임없이 웃음이 묻어나는 화기애애한 시간이 되었습니다.

심각함을 향한
폭소

장모님께서 첫 개인 서예전시회를 포함한 회혼식을 열게 되었습니다. 막상 날짜가 다가오니 걱정이 커지셨는지, 장모님은 막내아들에게 전화로 근심을 털어놓았다고 합니다. 어진 성품의 작은 처남이 아내에게 전화를 걸어 걱정스럽게 말했습니다.

"누나야, 다 좋자고 하는 일인데, 엄마가 저렇게 걱정을 하시니 어쩌지?"

아내가 대답했습니다.

"이 누나가 다 알아서 할게. 너는 아무 걱정 말거라."

그리곤 아내는 곧바로 장모님께 전화를 걸어, "걱정하지 말고 평화로운 마음을 가지시라."는 말을 따발총처럼 쏟아 부으며 고래고래 고함을 질렀습니다.

작전명 사일런스

어머니의 간섭에 대응하기 위해 제가 개발한 전략이 '작전명 사일런스Silence'였습니다. 이것은 어머니가 간섭하시면 거기에 아무런 반응을 보이지 않는 전략입니다. 작전 초기에 저는 이 작전을 은은하게 사용하며 쏠쏠한 재미를 보았습니다. 그 결과, 저에게는 오만한 마음이 생겼습니다.

'이제 어머니가 어떤 간섭을 하셔도, 그냥 이 작전대로만 하면 아무 문제없어.'

어머니는 아침 식탁에서 이렇게 말씀하셨습니다.

"이번 크리스마스에 아범이 계획하고 있는 가족 선물은 하지 말도록 해라."

저는 즉시 '작전명 사일런스'를 가동시켰습니다. 저는 아무 대꾸 없이, 그냥 떡국 한 숟갈에 쇠고기를 한 점씩 얹어 '꿀꺽꿀꺽' 먹었습니다. 이때 어머니는 자신의 의견이 무시된 데 대해 화가 나셨던 것 같습니다.

그것도 모르고, 저는 속으로 '오늘도 작전 성공!'이라 외쳤습니다. 그러나 학교에 출근하려고 인사를 드리는 순간, 어머니는 다시 한 번 '이번 크리스마스에 가족 선물을 하지 말라.'는 말씀을 하셨습니다. 저는 다시 '작전명 사일런스'를 가동시키며 그냥 인사를 드리고 문을 열려는 찰나, 어머니께서 우렁찬 목소리로 "너는 왜 사람이 말을 하면 대답을 안 하니!!!" 하며 호통을 치시는 것이었습니다.

나는 왜 이 아름다운 행성 지구에 왔을까?

답 : 일하기 위해.

땡!

답 : 돈 벌기 위해.

땡!

답 : 유명한 사람이 되려고.

땡!

답 : 칭찬받는 사람이 되려고.

땡!

답 : 큰 아파트에 살기 위해.

땡!

답 : 정재걸 선생님을 놀려먹기 위해.

딩동댕!

영원과 무한

존재변화를 이룬 노인은 '허구의 세계'를 벗어나 '궁극적인 실재의 세계'를 살아갑니다. 그는 시간의 한 점 속에서 영원을 접할 수 있고, 공간의 한 점 속에서 무한을 경험할 수 있습니다.

그는 지극히 부드럽고 너그러운 사람이 됩니다.

그는 사람들의 말에 깊이 귀 기울일 수 있습니다.

그는 자신과 다른 관점이나 견해에도 유연한 태도를 갖습니다.

그는 진정 겸손합니다.

그는 낮은 곳에 머물기를 즐기며, 존재의 가장 높은 곳에 도달했지만 우쭐대지 않습니다.

그는 모든 욕망에 대한 집착으로부터 자유로워집니다.

그는 어떤 희망, 공포, 불안에도 마음이 흔들리지 않습니다.

그는 자신과 세계의 경이로움을 깊이 느낄 수 있습니다.

그는 젊은 시절 보이지 않던 아름다운 것들을 볼 수 있습니다.

그는 젊은 시절 들을 수 없었던 아름다운 소리를 들을 수 있습니다.

그는 젊은 시절 느낄 수 없던 일상적인 것에 감동을 느낄 수 있게 됩니다.

그는 삶과 이 세계를 깊이 사랑할 수 있습니다.

그는 자신에게 주어진 모든 것에 깊이 감사할 수 있습니다.

그의 마음은 평화롭습니다.

그는 자신과 세계를 미소 지으며 바라봅니다.

그는 평화롭게 호흡하고, 한가롭게 차를 마시며, 아름답게 살아갑니다.

그가 평화로운 걸음을 내딛을 때마다, 이 세상도 한 걸음씩 평화로워집니다.

그래서 그는 말합니다.

"늙으니까, 아! 참 좋다!"

마지막 선물

죽어가는 사람이 살아 있는 배우자나 자식들에게 줄 수 있는 마지막 선물은 무엇일까요?

그것은 편안하고 장엄하게 죽어가는 모습을 보여주는 것입니다.

삶이 그에게 주었던 첫사랑의 달콤한 기억, 아내와의 첫 만남, 첫 아기를 가졌을 때의 기쁨, 하늘에까지 닿을 것만 같았던 희열, 땅속으로 꺼져들 것만 같았던 깊은 실의 등 그 수많은 선물들에 감사하면서, 그리고 함께 해서 행복했고 즐거웠던 사람들에게 감사하면서, 그는 '아! 참 좋았다!'라고 말하며 평화롭게 숨을 거둡니다.

죽음이란 '분리된 개체로서의 나'의 죽음이고, 깨달음이란 '분리된 개체로서의 나'가 '거짓 나'임을 깨닫는 것입니다. 그러므로 깨달음을 통해 존재변화를 이룬 사람에게는 '죽음'이 존재하지 않습니다. 그에게 '나'는 '영원하고 무한한 존재(참 나)'이기 때문입니다.

그러므로 그는 죽음의 두려움에서 해방됩니다.

그는 선물처럼 주어진 생명에 감사하면서, 꽃과 같은 삶을 살아 갑니다. 또한 죽음이 다가오면 편안하고 장엄하게 죽음을 맞아들입니다. 죽음의 순간, 아직도 남아 있는 생명에 집착하는 마음에게 미소를 보냅니다. 그는 자신의 죽음에 대해 그리고 죽음에 집착하는 마음에 대해 농담을 던질 수 있습니다. 장자의 말처럼 '영원한 쉼'을 얻은 것입니다.

그래서 그는 말합니다.

'죽으니까, 아! 참 좋다!'

저자소개

●

홍승표

고려대학교 사회학과 학부와 대학원을 졸업하고, 미국 아이오와 주립대학교에서 사회학 박사학위를 받았다. 현재 계명대학교 사회학과 교수로 재직하고 있다.

지난 20여 년간, 동양사상의 바탕 위에 탈현대사회 이론을 구성하고, 탈현대문명 건설 방안을 모색하는 작업에 매진해 왔다. 저서로는《깨달음의 사회학》,《존재의 아름다움》,《동양사상과 탈현대》,《노인혁명》,《동양사상과 새로운 유토피아》,《동양사상과 탈현대적 삶》(대한민국학술원 우수학술도서 선정),《탈현대와 동양사상의 재발견》,《주역과 탈현대 문명》등이 있으며 수십 편의 논문을 발표했다.